Bernhard Nöldechen

Die Schlacht von Salamis

Bernhard Nöldechen

Die Schlacht von Salamis

Unveränderter Nachdruck der Originalausgabe von 1875.

1. Auflage 2024 | ISBN: 978-3-38646-024-8

Antigonos Verlag ist ein Imprint der Outlook Verlagsgesellschaft mbH.

Verlag: Outlook Verlag GmbH, Zeilweg 44, 60439 Frankfurt, Deutschland info@outlook-verlag.de
Vertretungsberechtigt: E. Roepke, Zeilweg 44, 60439 Frankfurt, Deutschland
Druck: Libri Plureos GmbH, Friedensallee 273, 22763 Hamburg, Deutschland

Programm

des Königlichen

Gymnasiums zu Quedlinburg

für

das Schuljahr von Ostern 1874 bis Ostern 1875.

Womit

zu der öffentlichen Prüfung am 19. März

und zu

der Feier des Geburtstags Sr. Majestät des Kaisers und Königs

am 22. März

ergebenst einladet

der Director Dr. August Dihle.

Inhalt: Schulnachrichten vom Director.
Die wissenschaftliche Abhandlung wird mit Genehmigung des Königl. Provinzial=Schulcollegiums zu Magdeburg etwas später ausgegeben.

Quedlinburg.

Druck von G. Basse.

1875.

Die Schlacht von Salamis.

Abhandlung von dem Gymnasiallehrer Dr. Bernhard Noeldechen.

Quedlinburg 1875.

(Beilage zum Osterprogramm von 1875.)

Den

Herrn Gymnasial-Directoren

Prof. Dr. theol. et phil. Ferdinand Ranke zu Berlin

und

Prof. Hermann Schwalbe zu Eisleben

bringt

zur Feier ihres 50jährigen Amts-Jubiläums

am 10. April 1875

in Erinnerung an ihre gemeinsam hier begonnene Wirksamkeit

seine aufrichtigsten Glückwünsche dar

das Lehrer-Collegium des Königlichen Gymnasiums zu Quedlinburg.

Die Schlacht von Salamis.

Zu der Zeit, wo das Athenische Gemeinwesen nach Unterdrückung des Kylonischen Aufstandes an schweren inneren Schäden krankte, wurde das Volk der Athener auch durch äußeres Mißgeschick heimgesucht. Die Megarer hatten, wahrscheinlich durch Kylon aufgereizt, den Kampf um Salamis, das beiden Städten benachbarte Eiland, erneuert und die Athener nach hartnäckigem Streit überwunden. Muthlos und verzagt beschloß man in Athen sich in das Schicksal zu ergeben und setzte, schwereres Un= heil zu verhüten, den Tod auf jeden Antrag die Insel wiederzuerobern. Da war es Solon, der es unternahm den unseligen Bann, welcher auf seinem Volke lastete, zu lösen und den edlen Geist der Athener wach zu rufen zu kühner That. In der Brust des Mannes, der berufen war bald darauf sei= ner Vaterstadt Friede und Eintracht und weise Gesetze zu geben, lebte auch ein Heldengeist und tiefe, nachhaltige Begeisterung für seines Vaterlandes Ehre. Durch seine Elegie Salamis fachte er die Her= zen zu heiligem Eifer an: tief beschämenden Eindruck machten seine Worte:

„Wär' Pholegandros doch, wär' Sikinos lieber mir Heimath:
Für der Athene Stadt tauschte ich willig sie ein.
Lange wird es nicht sein, so ergeht der Menschen Gerede:
Attisch ist dieser Mann, Salamis läßt er im Stich.“

Und als er begeistert schloß:

„Auf nach Salamis, auf! Laßt uns um das liebliche Eiland
Kämpfen und zornigen Muths tilgen die drückende Schmach!“

da fanden seine Worte mächtigen Widerhall in den Herzen der lauschenden Menge und Alles eilte die verpfändete Ehre Athens einzulösen.

Doch nicht allein wohl galt es ihm den Attischen Namen wieder zu Ehren zu bringen, der weise Mann erkannte auch wohl weitschauenden Geistes die Bedeutung, welche der Besitz der Nachbar= insel für Athen hatte; das zeigt auch die bekannte Ueberlieferung, daß Solon das Anrecht Athens auf Salamis durch einen, wie schon die Alten*) meinten, von ihm eingeschobenen Vers des homerischen Schiffskatalogs zu beweisen versucht habe. Und wahrlich hohe Bedeutung sollte das Eiland für Athen, für ganz Hellas gewinnen: seine gastlichen Ufer sollten den vor Barbarenwuth flüchtenden Athenern Freistatt werden, in der Bucht von Salamis sollten die Hellenen den glorreichsten Kampf für die Frei= heit kämpfen.

---

*) Plut. Solon X: οἱ μὲν οὖν πολλοὶ τῷ Σόλωνι συναγωνίσασθαι λέγουσι τὴν Ὁμήρου δόξαν· ἐμβαλόντα γὰρ αὐτὸν ἔπος εἰς νεῶν κατάλογον ἐπὶ τῆς δίκης ἀναγνῶναι·

Αἴας δ'ἐκ Σαλαμῖνος ἄγεν δυοκαίδεκα νῆας,
στῆσε δ'ἄγων ἵν' Ἀθηναίων ἵσταντο φάλαγγες.

Vgl. Strabo IX, 394.

Die denkwürdige Schlacht des 20. Boedromion ist schon vielfach untersucht und dargestellt; wenn wir dieselbe gleichwohl der Betrachtung unterziehen, so geschieht dies, weil noch immer einige Fragen betreffs derselben der Aufklärung zu bedürfen scheinen.

Zuerst werde der Werth der Ueberlieferungen geprüft. Daß unter den Quellen neben Aeschylus und Herodot die Berichte Diodors und Plutarch's von zweiter Bedeutung sind, bedarf kaum des Nachweises, nöthig aber erscheint es die Frage zu erörtern, welches von den beiden an erster Stelle genannten Zeugnissen das gewichtigere sei. Zunächst wird man geneigt sein den Dichter, der selbst heldenmüthig in der Schlacht gekämpft, für den sichersten Gewährsmann zu halten, doch kommt bei genauer Abwägung der Frage zweierlei in Betracht, was der Ueberlieferung des Geschichtschreibers die gleiche, in einigen Punkten auch größere Beachtung sichert.

Vorerst ist zu bedenken, daß für den Dramatiker, der seinen Mitbürgern, welche unter der Leitung des klugen und heldenmüthigen Themistokles den hervorragendsten Antheil an der Befreiung des Vaterlandes genommen, das erhabene Schauspiel der Seeschlacht von Salamis zeigen wollte, ganz andere Gesichtspunkte sich bieten mußten, als für den emsig und wahrheitsliebend forschenden Geschichtschreiber. Bei der an sich eingeengten Technik des Dramas konnte der Dichter unmöglich die für die historische Würdigung unerläßlichen Details mit derselben liebevollen Genauigkeit ausspinnen, wie wir sie bei Herodot finden, ihm galt es vor den Augen der Zuschauer ein Bild aufzurollen, das mit gewaltigen Zügen den Heldenkampf malte, dessen Andenken noch frisch in Aller Herzen lebte. Die großartige Schilderung der Schlacht selbst bei Aeschylus stellt den Bericht Herodots, der mancherlei wenig bedeutsame und auch von ihm selbst als unverbürgt bezeichnete Angaben aufweist, weitaus in Schatten: für die wichtigen unmittelbar vorhergehenden Ereignisse, für die Dispositionen der Schlacht wird uns Herodots Darstellung durchaus unentbehrlich sein. Daß Aeschylus sich nicht bemüht bei der Darstellung des Kampfes mit historischer Genauigkeit zu Werke zu gehen, dafür spricht z. B. schon die Art, wie er mit den persischen Namen schaltet *), der abenteuerliche, schier unglaubliche Unfall der Perser am Strymon, der Pangaeos auf dem linken Strymonufer (v. 494 **). Die von Lessing und Schiller für den Dramatiker in Anspruch genommene Freiheit den historischen Stoff nach den höhern Gesetzen der poetischen und menschlichen Wahrheit zu gestalten, sicherte sich ohne Frage auch schon Aeschylus. Freilich sind gerade seine Perser beredtes Zeugniß dafür, daß er gleich dem großen britischen Tragiker in entscheidenden Thatsachen sich keine poetische Willkür erlaubte, aber Aeschylus hat ebensowenig wie Shakespeare seine Einsicht in die dramatische Kunst und deren Wirkungen der vollständigen, ins Detail gehenden historischen Treue zum Opfer gebracht.

Wir gelangen hiermit zu der andern Seite der Betrachtung. Wenn es Mancherlei gab, dessen Aeschylus in der dramatischen Darstellung entrathen konnte, so fanden sich auch Ereignisse, die er übergehen mußte, wollte er nicht sein dramatisches Ziel aus dem Auge verlieren. Obgleich nämlich durch jene Kämpfe der Griechen ein echt freiheitlicher Geist weht, der insbesondere bei den Athenern in wahrhaft begeistertem Aufschwung und hochherziger Opferfreudigkeit sich bethätigte, trübten doch mancherlei Schatten den hellauflodernden Schein der Freiheitsbegeisterung. Wie rückhaltend und saumselig zeigten sich die Spartaner in jenen Tagen, wo bei Marathon der erste Heldenkampf gegen die Perser

---

*) Man darf mit Blomfield Aesch. Persac praef. XII und Grote Geschichte Griechenlands 3, 106 (der deutschen Ausgabe von Meißner) annehmen, daß die Namen der persischen Führer bei Aeschylus eine Erfindung des Dichters sind, der dies bunte Gewimmel fremder Namen dem Attischen Ohre angenehm glauben mochte. Die bei Herodot genannten Führer finden sich nur ganz vereinzelt bei dem Dichter wieder, der z. B. von den vier persischen Admiralen bei Herodot (VII, 97) nicht einen aufführt.

**) Betreffs dieser beiden Punkte stimme ich den Auseinandersetzungen Grote's 3, 112 völlig bei.

gefochten ward, mit wie kleinlicher Eifersucht verfolgten Aegina und Korinth jeden Schritt Athens, wie schnöden Verrath übte Theben an der gemeinsamen Sache Griechenlands! Auch unmittelbar vor der Entscheidung von Salamis fehlt es nicht an solchen traurigen Erscheinungen: wie kläglich ist die Bestechlichkeit der peloponnesischen Führer bei Artemisium, die Muthlosigkeit auf der Flotte in der Bucht von Salamis! Der Geschichtschreiber durfte dies Alles nicht verschweigen; durfte der Dramatiker seinem Volke die glorreiche Erinnerung durch solche Schatten trüben? Und hätte dies sich in den dramatischen Plan gefügt?

Es ist hier nicht der Ort die auseinandergehenden Meinungen über den Grundgedanken der Aeschyleischen Tragödie *) zu prüfen, nur so viel sei gesagt, daß uns die engen Beziehungen, in welche das Drama zu einzelnen hervorragenden Personen gesetzt wird, nicht zu dem Grundton von Aeschylus' Weltanschauung und Kunstcharakter zu stimmen scheinen, ebensowenig als die Annahme (Blomfield praef. XI), daß die Perser lediglich bestimmt seien dem nationalen Stolz der Athener Nahrung zu geben. Dem tief religiösen Aeschylus steht die dramatische Kunst im Dienste einer sittlichen Weltanschauung, seine Muse feiert den Triumph einer von sittlichem Bewußtsein gelenkten Freiheit über den ungezügelten, göttliches Gesetz mißachtenden Willen. Wir stimmen daher Bernhardy bei, welcher (Grundr. d. griech. Litt. II, 265) „als Kern der Dichtung einen Gedanken von rein menschlichem Gehalt erblickt, das Gottesgericht, welches über maßlose Hoffart verhängt worden", ein Gedanke, den der Dichter in weiter Ausführung dem Schatten des Dareios in den Mund legt (v. 800 — 831) und der in den Worten gipfelt:

$$\vartheta\tilde{\imath}\nu\varepsilon\varsigma\ \nu\varepsilon\varkappa\varrho\tilde{\omega}\nu\ \delta\grave{\varepsilon}\ \varkappa\alpha\grave{\imath}\ \tau\varrho\iota\tau\sigma\sigma\pi\acute{o}\varrho\omega\ \gamma\sigma\nu\tilde{\eta}$$
$$\breve{\alpha}\varphi\omega\nu\alpha\ \sigma\eta\mu\alpha\nu\sigma\tilde{\upsilon}\sigma\iota\nu\ \breve{o}\mu\mu\alpha\sigma\iota\ \beta\varrho\sigma\tau\tilde{\omega}\nu,$$
$$\dot{\omega}\varsigma\ \sigma\dot{\upsilon}\chi\ \dot{\upsilon}\pi\acute{\varepsilon}\varrho\varphi\varepsilon\upsilon\ \vartheta\nu\eta\tau\grave{o}\nu\ \breve{\alpha}\nu\delta\varrho\alpha\ \chi\varrho\grave{\eta}\ \varphi\varrho\sigma\nu\varepsilon\tilde{\imath}\nu.$$
$$\breve{\upsilon}\beta\varrho\iota\varsigma\ \gamma\grave{\alpha}\varrho\ \dot{\varepsilon}\xi\alpha\nu\vartheta\sigma\tilde{\upsilon}\sigma'\ \dot{\varepsilon}\varkappa\acute{\alpha}\varrho\pi\omega\sigma\varepsilon\ \sigma\tau\acute{\alpha}\chi\upsilon\nu$$
$$\breve{\alpha}\tau\eta\varsigma,\ \breve{o}\vartheta\varepsilon\nu\ \pi\acute{\alpha}\gamma\varkappa\lambda\alpha\upsilon\tau\sigma\nu\ \dot{\varepsilon}\xi\alpha\mu\tilde{\alpha}\ \vartheta\acute{\varepsilon}\varrho\sigma\varsigma.$$

Daß bei der Darstellung dieses gewaltigen Gerichts auch das Lob Athens ertönte, ist leicht zu verstehen; daß aber ein bloßer nationaler Panegyrikus dem Geist des Dichters fern lag, zeigt der feine Takt, mit dem er die Scene auf persischen Boden versetzte.

Dürfen wir als Ergebniß unserer Betrachtung ansehen, daß wir aus Aeschylus' Drama nicht in gleicher Weise, wie aus einer sichern historischen Quelle die Kenntniß der Salaminischen Schlacht schöpfen können, so bleibt uns als sicherster Gewährsmann Herodot. Man hat in alter wie in neuer Zeit die Glaubwürdigkeit Herodots in Zweifel gezogen, und daß wir keine kritisch sichere Geschichtschreibung vor uns haben, ist ja gewiß. So viel aber ergibt sich unzweifelhaft aus seiner ganzen Darstellung, daß er von dem lautersten, reinsten Streben nach Wahrheit begeistert war, und daß er, diese zu erforschen, keine Mühe und Gefahr gescheut hat.

Im Folgenden werden Aeschylus und Herodot stets neben einander gehalten werden; da, wie schon oben bemerkt wurde, in entscheidenden Thatsachen der Dichter sicher sich keine Färbung oder Täuschung gestattet, wird es nicht schwer sein seine Darstellung mit der des Geschichtschreibers in Einklang zu setzen. Einige schätzbare Notizen werden übrigens auch aus Diodor und Plutarch zu entnehmen sein. Ehe wir jedoch nach dieser Auseinandersetzung zur Darstellung der Schlacht übergehen, mögen vorweg zwei Fragen Erledigung finden, welche bisher noch nicht genügend aufgehellt erscheinen, die Frage nämlich nach den Streitkräften, insonderheit der Zahl der persischen Schiffe, sodann noch der angeblichen Besetzung des Megarischen Sundes.

---

*) Die verschiedenen Ansichten über diese Frage finden sich bei Bernhardy Grundr. d. griech. Litt. II, 267 ff. verzeichnet.

Bevor ich es unternehme darzuthun, daß die Streitkräfte der Perser bei Salamis weit ge=
ringer waren, als sie gewöhnlich gehalten werden, will ich die Bemerkung vorausschicken, daß neben
anderen Gründen mich vorzüglich die natürliche Beschaffenheit des Kampfplatzes darauf geführt hat die
herkömmliche Annahme über die Stärke der Perserflotte für irrig zu halten. Hiervon wird weiter un=
ten eingehend gehandelt werden, zunächst gilt es die Ueberlieferung zu beleuchten. Die persische Flotte
zählt nach Herodots Bericht (VII 89 ff.) bei der Musterung von Doriskus 1207 Kriegsschiffe; die ein=
zelnen Contingente, worunter die bedeutendsten das Phönikische (300 Schiffe) und Aegyptische (200
Schiffe), zählt der Geschichtschreiber genau auf. Diese Angabe der Schiffszahl hat bei weitem größern
Anspruch auf Glaubwürdigkeit als alle Berichte über das unermeßliche Landheer; wir dürfen anneh=
men, daß Herodot aus mündlichen Mittheilungen von Griechen, die mit auf der persischen Flotte ge=
wesen, und die ihrerseits sich stützen mochten auf kundgewordene Aufzeichnungen der $\gamma\varrho\alpha\mu\mu\alpha\tau\iota\sigma\tau\alpha\iota$ des
Großkönigs (VII, 100, VIII, 90) — daß Herodot über die Zahl der persischen Schiffe bei Doriskus
sich genau unterrichtet hatte. Nun aber werden folgende Verluste aufgezählt: Als die persische Flotte
an der Küste von Magnesia entlang segelt, überfällt sie ein furchtbarer Nordoststurm (VII, 188), als
geringste Angabe des Verlustes führt Herodot 400 Schiffe an. Fünfzehn Trieren, welche vom Sturme
besonders weit nach Süden verschlagen werden, fallen den bei Artemisium vor Anker liegenden Griechen
in die Hände (VII, 194). Vielleicht waren die Angaben der Magneten, bei denen Herodot den Ver=
lust erkunden mochte, über die furchtbaren Wirkungen des Sturms bei Sepias Akte etwas übertrieben,
sicher aber gieng eine bedeutende Anzahl von Schiffen zu Grunde. Immer aber bleibt das Uebergewicht
der persischen Flotte über die griechische noch erdrückend, zumal noch 120 thrakische Schiffe zu den Per=
sern gestoßen waren, so daß diese voll Verachtung das hellenische Geschwader zum Kampfe anrücken sehen (Her.
VIII, 10). Ich kann nicht umhin einen Ausdruck dieser Stelle zu erklären. Wenn es nämlich dort heißt:
$\dot{o}\varrho\acute{\epsilon}o\nu\tau\epsilon\varsigma$ ($o\grave{\iota}$ $\beta\acute{\alpha}\varrho\beta\alpha\varrho o\iota$) $\tau\grave{\alpha}\varsigma$ $\dot{\epsilon}\omega\upsilon\tau\tilde{\omega}\nu$ $\nu\acute{\epsilon}\alpha\varsigma$ $\ddot{\alpha}\mu\epsilon\iota\nu o\nu$ $\pi\lambda\omega o\acute{\upsilon}\sigma\alpha\varsigma$, so ist das $\ddot{\alpha}\mu\epsilon\iota\nu o\nu$ von der Schnel=
ligkeit, nicht von der Beweglichkeit zu verstehen. Die Schwere des Fahrzeugs erhöht bei entspre=
chender bewegender Kraft die Schnelligkeit, daß aber die persischen Schiffe schwerer gebaut und stärker
bemannt waren, dürfen wir aus Angaben Herodots und Plutarchs *) schließen. Auf der persischen
Flotte folgte man noch der alten Kampfart und vertraute im Seegefecht mehr auf die Tapferkeit der
Schiffsbesatzung als auf geschicktes Manoeuvriren. Die Griechen hingegen hatten zu dieser Zeit schon
erkannt, daß auf der Beweglichkeit der Schiffe die Tüchtigkeit im Seekampf beruhe, und daher ihre
Schiffe möglichst leicht gebaut und die Besatzung vermindert. Freilich fand diese Erkenntniß nicht überall
so früh Eingang als bei den Athenern. So sehen diese noch in der Schlacht bei Sybota mit Verwun=
derung die Korinthier und Korkyräer in der alten schwerfälligen Weise kämpfen, wozu Thukydides tref=
fend bemerkt: (I, 49) $\vartheta\upsilon\mu\tilde{\omega}$ $\varkappa\alpha\grave{\iota}$ $\dot{\varrho}\acute{\omega}\mu\eta$ $\tau\grave{o}$ $\pi\lambda\acute{\epsilon}o\nu$ $\dot{\epsilon}\nu\alpha\upsilon\mu\acute{\alpha}\chi o\upsilon\nu$ $\ddot{\eta}$ $\dot{\epsilon}\pi\iota\sigma\tau\acute{\eta}\mu\eta$. In der beregten Stelle He=
rodots ist also das Schnellsegeln zu verstehen, welches durch erhöhte Wucht des Schiffskörpers er=
zeugt wird. Demgemäß ist an einer andern Stelle (VIII, 60), wo Themistokles vom Kampf in offe=
ner See abmahnt: $\dot{\epsilon}\nu$ $\pi\epsilon\lambda\acute{\alpha}\gamma\epsilon\ddot{\iota}$ $\dot{\alpha}\nu\alpha\pi\epsilon\pi\tau\alpha\mu\acute{\epsilon}\nu\omega$ $\nu\alpha\upsilon\mu\alpha\chi\epsilon\tilde{\iota}\nu$ $\ddot{\eta}\varkappa\iota\sigma\tau\alpha$ $\dot{\eta}\mu\tilde{\iota}\nu$ $\sigma\acute{\upsilon}\mu\varphi o\varrho\acute{o}\nu$ $\dot{\epsilon}\sigma\tau\iota$ $\nu\acute{\epsilon}\alpha\varsigma$ $\ddot{\epsilon}\chi o\upsilon\sigma\iota$
$\beta\alpha\varrho\upsilon\tau\acute{\epsilon}\varrho\alpha\varsigma$ jedenfalls zu verbessern; das von Abicht vorgeschlagene $\beta\varrho\alpha\chi\upsilon\tau\acute{\epsilon}\varrho\alpha\varsigma$ scheint mir weit sinn=

---

*) Graser de veterum re navali § 49 berechnet die Bemannung der attischen Triere auf 174 Ruderer und 20 Ma=
trosen, ungefähr dieselbe Equipage befindet sich nach Herod. VII, 184 auf den persischen Schiffen (200 Mann), außerdem be=
finden sich aber auf jedem Schiffe $\chi\omega\varrho\grave{\iota}\varsigma$ $\dot{\epsilon}\varkappa\acute{\alpha}\sigma\tau\omega\nu$ $\tau\tilde{\omega}\nu$ $\dot{\epsilon}\pi\iota\chi\omega\varrho\acute{\iota}\omega\nu$ $\dot{\epsilon}\pi\iota\beta\alpha\tau\acute{\epsilon}\omega\nu$ noch 30 persische Seesoldaten. Rechnen wir diese
$\dot{\epsilon}\pi\iota\chi\acute{\omega}\varrho\iota o\iota$ $\dot{\epsilon}\pi\iota\beta\acute{\alpha}\tau\alpha\iota$ auch nicht stärker an Zahl, als die von Plutarch Themistokles XIV erwähnten 14 Hopliten und 4 Bogen=
schützen auf dem Verdeck der griechischen Schiffe, so bleibt immer für jede persische Triere die Mehrbemannung von 30 See=
soldaten. Auch für den schwereren Bau der persischen Trieren gibt Plutarch an derselben Stelle Anhalt, die hellenischen Trie=
ren werden bezeichnet als $\dot{\alpha}\lambda\iota\tau\epsilon\nu\epsilon\tilde{\iota}\varsigma$ $\varkappa\alpha\grave{\iota}$ $\tau\alpha\pi\epsilon\iota\nu\acute{o}\tau\epsilon\varrho\alpha\iota$, die der Barbaren als $\tau\alpha\tilde{\iota}\varsigma$ $\pi\varrho\acute{\upsilon}\mu\nu\alpha\iota\varsigma$ $\dot{\alpha}\nu\epsilon\sigma\tau\tilde{\omega}\sigma\alpha\iota$ $\varkappa\alpha\grave{\iota}$ $\tau o\tilde{\iota}\varsigma$ $\varkappa\alpha\tau\alpha\sigma\tau\varrho\acute{\omega}$=
$\mu\alpha\sigma\iota\nu$ $\dot{\upsilon}\psi\acute{o}\varrho o\varphi o\iota$ $\varkappa\alpha\grave{\iota}$ $\beta\alpha\varrho\epsilon\tilde{\iota}\alpha\iota$.

gemäßer zu sein, als Steins Vermuthung βραδυτέρας „mit Rücksicht auf die Zahl und Güte der Rudermannschaft, die bei den dürftigen Mitteln der meisten hellenischen Staaten und der übereilten Rüstung wohl viel zu wünschen übrig ließ." Das Hauptcontingent wenigstens der hellenischen Flotte, das Athenische Geschwader haben wir uns sicher trefflich bemannt und für den Seekampf geübt zu denken; und gerade aus Themistokles Munde würde eine solche Bemängelung auffallend sein.

Kehren wir indessen, um einen Ueberblick über die persischen Verluste zu gewinnen, zu dem ersten Kampfe bei Artemisium zurück. Die größere Manoenvrirtüchtigkeit der Griechen trägt den Sieg davon, 30 feindliche Schiffe fallen in ihre Hände. Weit schlimmeres Unheil aber trifft bald darauf die Perser. Das Geschwader von 200 Schiffen, welches Euböa umsegeln und den Griechen den Rückzug abschneiden soll, fällt bei Koile der Wuth der Elemente zum Opfer (VIII, 14). Noch andere Verluste der Perser werden angedeutet beim zweiten Gefechte vor Artemisium: Kilikische Schiffe werden von den Hellenen vernichtet (VIII, 14). Und besonders im letzten Kampfe erleidet die Perserflotte bedeutende Verluste: πολλαὶ μὲν δὴ τῶν Ἑλλήνων νέες διεφθείροντο, πολλοὶ δὲ ἄνδρες, πολλῷ δ᾽ἔτι πλεῦνες νέες τε τῶν βαρβάρων καὶ ἄνδρες. Mag man auch Leake's *) Annahme eines persischen Verlustes von 100 Schiffen noch etwas zu hoch gegriffen finden, immer muß die Zahl der verlorenen Schiffe bedeutend gewesen sein. Die Summe der von Herodot angegebenen Verluste der Perserflotte beträgt abgesehen von den beiden letzten Kämpfen 645 Schiffe; setzt man nun auch die Verwüstungen, welche der Sturm an der Küste von Magnesia unter den Trieren der Perser angerichtet, etwas geringer an, so werden wir doch von den 1327 Schiffen, auf die sich nach Eintreffen der thrakischen Contingente die Perserflotte belief, 5 — 600 in Abrechnung bringen müssen, so daß die Flotte, welche in Phaleron einlief, nicht stärker als ungefähr 750 Schiffe gewesen sein kann. Denn daß während der wenigen Tage, die zwischen den Kämpfen um Artemisium und der Schlacht von Salamis liegen, etwa eine erhebliche Anzahl von stark beschädigten Schiffen wieder seetüchtig gemacht sei, darf man nicht wohl annehmen.

Herodot gibt bekanntlich die Stärke der Barbarenflotte bei Salamis nicht bestimmt an, sondern begnügt sich mit der Bemerkung: ὡς μὲν ἐμοὶ δοκέειν, οὐκ ἐλάσσονες ἐόντες ἀριθμὸν ἐξέβαλον ἐς τὰς Ἀθήνας, κατά τε ἤπειρον καὶ τῇσι νηυσὶ ἀπικόμενοι, ἢ ἐπί τε Σηπιάδα ἀπίκοντο καὶ ἐς Θερμοπύλας. Dabei ist erstens zu bemerken — und darauf ist bei Herodots genauer Scheidung von Angaben aus Autopsie oder mündlicher Erkundigung oder Vermuthung Gewicht zu legen — daß er hier nur seine Meinung ausspricht, während er bei der Musterung von Doriskus sich offenbar auf sichere Ueberlieferung stützt. Sodann aber spricht er in dem Folgenden gar nicht ausdrücklich von der Schiffszahl, sondern stellt nur denen, welche umgekommen im Sturm, bei Thermopylae und in den Kämpfen vor Artemisium, den Ersatz gegenüber, welcher dem Perserheer geworden durch Zuzug der Malier, Dorier, Lokrer, Böoter, sodann der Karystier, Andrier, Tenier und der übrigen Inselbewohner. Und zum Schluß heißt es: ὅσῳ γὰρ δὴ προέβαινε ἐσωτέρω τῆς Ἑλλάδος ὁ Πέρσης, τοσούτῳ πλέω ἔθνεά οἱ εἵπετο. Daß die kleinen Kykladen und Karystos unmöglich die schweren Verluste der Perserflotte ausgleichen konnten, hat schon Leake (p. 188) richtig gesehen, im Uebrigen scheint er mir das eben bezeichnete Kapitel des Herodot nicht hinlänglich scharf aufgefaßt zu haben, aus welchem nach meiner Meinung hervorgeht, daß Herodot eine Angabe über die Zahl der Schiffe bei Salamis gar nicht machen wollte, weil ihm sichere Kunde darüber zu erlangen unmöglich war. Es gab eben nur eine gesicherte Ueberlieferung über die Musterung von Doriskus, und diese hat Herodot genau wiedergegeben. Grote (Gesch. Griechenlands 3, 31) will die Größe der persischen Verluste nicht in Abrede

---

*) Die Demen von Attika nach Westermann's Uebersetzung p. 186.

stellen, gleichzeitig aber des Aeschylus Autorität wahren und vermuthet daher, daß Herodots Angaben über die Musterung von Doriskus hinsichtlich der Schiffszahl hinter der Wahrheit zurückbleibe.

Auffallender Weise werden in der bekannten Stelle der Perser (v. 341 — 343) genau dieselben 1207 Perserschiffe als bei Salamis kämpfend bezeichnet, welche Herodot bei der Musterung von Doriskus anführt. Sollte aber, könnte man fragen, der Kämpfer von Salamis nicht genau unterrichtet gewesen sein? Oder sollte er sich nicht bemüht haben die Zahl der Schiffe genau zu ermitteln? Die Theilnahme des Dichters an der Schlacht bedingt zweifelsohne eine solche Kenntniß nicht, das Getümmel des Kampfes läßt nicht einmal annähernde Schätzung zu. Die genaue Ermittelung aber gehörte nach der obigen Ausführung entschieden nicht zu den Obliegenheiten des Dichters, war übrigens auch, wie wir aus Herodots Beispiel abnehmen können, unmöglich. Und gesetzt selbst, Aeschylus hätte die Zahl bestimmt gewußt, würde nicht eine solche peinliche Genauigkeit bei dem dramatischen Dichter befremdend, ja frostig erscheinen? Und steht nicht im schroffen Gegensatz zu dieser Genauigkeit die entschieden nur annähernd der Wahrheit gleichkommende Angabe über die Zahl der griechischen Schiffe? Ich möchte daher die Vermuthung aussprechen, daß in der bezeichneten Stelle des Aeschylus, welche ich der Uebersichtlichkeit wegen hersetze, drei Verse einem Interpolator ihr Dasein verdanken:

$$\text{Ἕλλησιν μὲν ἦν}$$
$$\text{ὁ πᾶς ἀριθμὸς ἐς τριακάδας δέκα}$$
$$\text{ναῶν, δεκὰς δ'ἦν τῶνδε χωρὶς ἔκκριτος.}$$
$$\text{Ξέρξῃ δὲ, καὶ γὰρ οἶδα, χιλιὰς μὲν ἦν}$$
$$\text{ὧν ἦγε πλῆθος, αἱ δ'ὑπέρκομποι τάχει}$$
$$\text{ἑκατὸν δὶς ἦσαν ἑπτά θ'· ὧδ' ἔχει λόγος. *)}$$

Die Stelle hat verschiedene Deutung gefunden.

Leake (p. 189) glaubt eine Zweideutigkeit zu erkennen, indem er es für fraglich erklärt, ob Aeschylus 300 und 1000 oder 310 und 1207 Schiffe meine. Die Uebereinstimmung mit Herodots Zahl führt ihn auf den Verdacht, daß, wie die Spätern, so auch schon Aeschylus die Zahl der persischen Segel bei Salamis mit der von Doriskus verwechselt habe. Stanley hält sich an das Zeugniß des Plutarch für Aeschylus unbedingt sichere Autorität (Themistokles XIV) und begnügt sich mit einem adstipulatur Herodotus post Aeschylum testis optimus, ohne an Salamis und Doriskus zu denken. Blomfield verwirft Stanley's Meinung und findet, Aeschylus versichere deutlich, Xerxes' Flotte habe aus 1000 Schiffen bestanden, von denen 207 Schnellsegler waren, ebenso zählt er 300 griechische Segel, darunter 10 von auserlesener Schnelligkeit, so müsse man mit dem Scholiasten verstehn, sonst würde das Epitheton ἔκκριτος wenig passen (glossarium in Persas p. 183). So wie die Stelle überliefert ist, erscheint es mir unzweifelhaft, daß χωρὶς τῶνδε zusammenzunehmen und die 10 zu den 300 zu addiren, ebenso im Folgenden αἱ δ'ὑπέρκομποι τάχει als hinzufügend aufzufassen ist. Indessen halte ich, wie schon angedeutet ward, 3 Verse, nämlich 340, 342 und 343 für unecht. In Vers 341 wäre nur μὲν ἦν in ναῶν zu ändern, (bemerkenswerth ist, daß bei Plutarch sich für das handschriftlich überlieferte ὧν ἦγε πλῆθος des Verses 342 νεῶν τὸ πλῆθος findet) so daß dann die Stelle lauten würde:

$$\text{Ἕλλησιν μὲν ἦν}$$
$$\text{ὁ πᾶς ἀριθμὸς ἐς τριακάδας δέκα,}$$
$$\text{Ξέρξῃ δὲ, καὶ γὰρ οἶδα, χιλιὰς νεῶν.}$$
$$\text{μή σοι δοκοῦμεν τῇδε λειφθῆναι μάχῃ;}$$

Inwiefern mir das Verwerfen der oben bezeichneten drei Verse gegründet erscheint, will ich kurz dar-

---

*) Pers. 338 — 343.

thun. Die Auffassung des Scholiasten und Blomfields würde die gegen das aesthetische Gefühl verstoßende Genauigkeit der Zahlen 310 und 1207 vermeiden, und dafür die runden Zahlen 300 und 1000 bringen, wenn schon sie wieder als Unterabtheilung die Zahl 207 brächte, höchst verdächtig aber ist es eben, daß bei der sprachlich wohl mehr gerechtfertigten Addition die von Herodot für die Musterung von Doriskus verbürgte Zahl herauskommt. Indessen ist das nicht der einzige Verdachtsgrund gegen die Stelle. Wo sind wir irgend wie berichtet über die δέκα ἔκκριτοι νῆες, welcher alte, welcher neue Erklärer weiß etwas über diese zehn Schnellsegler, die doch irgend eine besondere Berühmtheit haben mußten, zu berichten? Ebenso wenig werden wir über die 207, welche ὑπέρκομποι τάχει genannt werden, irgendwie aufgeklärt. Ferner ist ὧδ' ἔχει λόγος in V. 343 gegenüber dem καὶ γὰρ οἶδα der Vers 341 entweder müßig oder widersprechend. Müßig, wenn man's, wie z. B. Stanley auffaßt: ita se res habet, wofür ich dann lieber ratio setzen würde, widersprechend, wenn man mit Blomfield sie fertur versteht. Das erste καὶ γὰρ οἶδα scheint mir in jedem Falle echt Aeschyleisch, und ich glaube, daß bei diesen mit gehobener Stimme gesprochenen Worten auch aus dem Munde des persischen Boten dem Volke von Athen die Stimme des Salamiskämpfers Aeschylus tönte.

Der Dichter also, werden wir nach der Auseinandersetzung glauben dürfen, setzte die Zahlen 300 und 1000, und so bedeutend mochte auch nach dem äußern Eindruck den Kämpfern von Salamis das Uebergewicht der Barbarenflotte vorgekommen sein. Ein Kritiker mochte die Zahl mit der bekannten Herodot-Ueberlieferung, die er aber sehr unkritisch für die Schlacht von Salamis gültig hielt, in Einklang setzen wollen und bewerkstelligte dies durch jene drei eingeschobenen Verse. Die oben angeführte Vermuthung Leake's, daß auch Aeschylus diesem Irrthum verfallen, würde bei unserer Deutung fallen; wenn er diese Verwechselung bei den Spätern, Isokrates, Diodor, Cornelius Nepos, welche 1200 Segel angeben, für wahrscheinlich erklärt, so kann man nur unbedingt zustimmen. Inwiefern die oben gefundene Zahl von ungefähr 750 persischen Schiffen einzig der natürlichen Beschaffenheit des Kampfplatzes entspricht, wird weiter unten bei Darstellung des Kampfes gezeigt werden.

Was die Zahl der griechischen Trieren angeht, so glaube ich, darf man unbedenklich der Herodotischen genauen Aufzählung gegenüber Aeschylus Bericht Glauben beimessen; aus der ganzen Darstellung, welche z. B. in jedem einzelnen Falle erwähnt, wenn das Contingent einer Stadt ein gleiches bei Salamis wie bei Artemisium gewesen, geht wohl hervor, daß dem Herodot über beide Schlachten genaue Schiffszählungen vorlagen. Der bekannte Rechenfehler, daß die Summirung der einzelnen Contingente nur 366 Schiffe ergibt, während am Schluß 378 als Summe genannt wird, ist ja bei Herodot nicht der einzige, indessen ganz wohl nach Leake's Vorgang (p. 190), dem auch Abicht beistimmt, so zu erklären, „daß die Zahl der Schiffe, welche die Aegineten außer den 30 zur Bundesflotte stoßenden zum Schutz ihrer Insel ausrüsteten (VIII, 46), 12 betragen hat, was Herodot ausdrücklich anzugeben vergaß.“*) Diese Vermuthung stützt sich mit Recht darauf, daß Pausanias ausdrücklich bezeugt (II, 29, 5), die Aegineten hätten nächst den Athenern das größte Schiffscontingent gestellt; nach Herodots Angabe aber kamen die Korinthier mit 40 Schiffen.

Wenn bei Aeschylus nur 300 Trieren angegeben werden, so kann uns nach den obigen Auseinandersetzungen des nicht Wunder nehmen; historische Genauigkeit war dem Dichter nicht Bedingung, es lag ihm nur daran, das Uebergewicht der persischen Macht hervorzuheben. Wenig maßgebend für sichere Ermittelung der Stärke der hellenischen Flotte ist die Stelle Thukydides I, 74, wo der athenische Gesandte die hervorragende Bedeutung Athens in den Perserkriegen ausführt und dabei auch die Zahl der gestellten Schiffe hervorhebt: ναῦς μέν γε ἐς τὰς τετρακοσίας ὀλίγῳ ἐλάσσους τῶν δύο μοι-

---

*) Stein meint zu der Stelle, das δυώδεκα müsse im Text ausgefallen sein.

ϱῶν παρεσχόμεϑα. Die Lesart einiger geringerer Handschriften τριαχοσίας ist nur ein Versuch Thuky=
bides mit Aeschylus in Einklang zu setzen. Ebenso ist die von Grote (3, 89) gebilligte Auslegung Di=
dots und Göllers „in dem Worte τετραχοσίας liege eine viertheilige Theilung der ganzen Zahl, vier
Hundertstel oder Hunderttheile" entschieden künstlich und wider den gewöhnlichen Sprachgebrauch.
Der Redner bezeichnet eben die von Herodot auf 378 berechneten Schiffe mit der runden Zahl 400,
und kann die 200 athenischen — eingerechnet die 20 von den Chalkidiern bemannten (Herodot VIII, 1)
— mit nicht auffallender rhetorischer Uebertreibung zwei Drittel der ganzen Zahl nennen. Daß die
Angabe des Ktesias (Pers. c. 26), bei Salamis hätten gegen 1000 persische Schiffe 700 griechische ge=
kämpft, keine Beachtung verdient, bedarf wohl kaum der Erwähnung.

Nachdem ich so versucht die Streitkräfte der Perser und Griechen zu bestimmen, wird im Fol=
genden eine Frage erörtert werden, deren Entscheidung für die Betrachtung des Kampfes von Bedeutung
ist, die Frage nämlich, ob der Megarische Sund von den Persern besetzt worden sei oder nicht. We=
der Herodot, noch Aeschylus erwähnen diese Detachirung, nur Diodor berichtet, nachdem er die be=
kannte Botschaft des Themistokles an Xerxes berührt, folgendermaßen: εὐϑὺς οὖν τὸ τῶν Αἰγυπτίων
ναυτιχὸν ἐξέπεμψε, προστάξας ἐμφράττειν τὸν μεταξὺ πόρον τῆς τε Σαλαμῖνος καὶ τῆς Μεγαρίδος
χώρας. Wenn Aeschylus über die Detachirung schweigt, so beweist das nach der obigen Auseinander=
setzung nicht die Irrigkeit von Diodors Bericht; bedeutender in's Gewicht fällt der Umstand, daß Herodot
nichts bringt, was irgend so zu deuten wäre. Indessen auch abgesehen hiervon sind die Gründe, welche
gegen die Besetzung des Sundes von Megara sprechen, verschiedene und gewichtige.

Auffällig muß uns sogleich das Manoeuvre erscheinen, wenn wir bedenken, daß kurz zuvor
das Detachement von 200 Schiffen, welches Euböa umsegeln sollte, völlig durch einen Sturm vernich=
tet war. Zur Nachtzeit, so berichtet Herodot, hatte der Sturm jene 200 Schiffe bei Koile überfallen;
erscheint es wohl glaublich, daß die Perser sich so schnell zu einem ähnlichen Unternehmen entschlossen
hätten? Und doch könnte man die Ausführung einer solchen Besetzung nur in die Nacht vor der
Schlacht setzen, denn erst nach der Botschaft des Themistokles, welche beim Xerxes am Abend vor der
Schlacht eintrifft, gibt nach Diodor der Großkönig den Befehl. Das Zurücklegen des Seewegs auch
während der Nacht würde nicht zu den Unmöglichkeiten gezählt haben: nach der Karte des französischen
Generalstabes *) beträgt die Entfernung von Phaleron bis nach dem Megarischen Sunde ungefähr 17
— 18 Seemeilen; (die Seemeile = ¼ deutsche Meile). Da nun, wie Graser de veterum re navali
§ 48 barthut, die Schnelligkeit der griechischen Trieren auf 6 — 7 Knoten oder Seemeilen in der
Stunde gebracht wurde, so wäre es, auch nur die halbe Geschwindigkeit gerechnet bei dem durch die
Nachtzeit bedingten vorsichtigeren Fahren, doch möglich gewesen in den Nachtstunden die Besetzung des
Sundes auszuführen. Die weitere Betrachtung indessen wird zeigen, daß das oben ausgesprochene Be=
denken gegen die Wahrscheinlichkeit des Manoeuvres noch durch verschiedene andere Gründe gestützt
wird.

Es ist nämlich wenig glaubwürdig, wenn Diodor berichtet, das Aegyptische Geschwader sei
hierzu bestimmt gewesen. Ausdrücklich bezeugt Herodot die hervorragende Tapferkeit der von Xerxes'
Vetter Achämenes geführten Aegypter in dem letzten Kampfe bei Artemisium; ist es wohl wahrschein=
lich, daß man diese auf einen Lauerposten gestellt hätte? Ausdrücklich erwähnt ferner Aeschylus den
Fall ägyptischer Führer in der Schlacht bei Salamis: Arsames (V. 308), welcher V. 34 als Herr=
scher von Memphis erwähnt war, der Nachbar von des Nils Quellen V. 311 (nach Merkel's **) guter

*) Carte de la Gréce redigée etc. au dépôt de la guerre. Paris 1852.
**) Aeschyli Persae. Lips. 1868.

Umstellung der Verse und Emendation von οἴδε in οἴ τε nicht Arkteus, sondern Pharnuchos) sodann B. 321 Ariomardos, welcher B. 38 Beherrscher des aegyptischen Theben genannt war *). Und ebenso können wir aus einer Stelle des Herodot (VIII, 100) folgern, daß die Aegyptier an dem Kampfe Theil hatten. Hier äußert Mardonius gegenüber dem Großkönige, daß Phöniker, Aegyptier, Kyprier und Kilikier in dem Kampfe bei Salamis sich feige gezeigt hätten. Wenn hier Mardonius, an einer andern Stelle Artemisia von Halikarnaß (VIII, 68 gg. Ende) die Aegyptier als feige bezeichnet, so können diese beiden in bestimmter Absicht gehaltenen Reden nicht das vorher erwähnte Zeugniß von der Tapferkeit der Aegyptier umstoßen; ganz ohne Frage bildete das phönikische und aegyptische Geschwader in der persischen Flotte den Kern, waren sie doch schon an Zahl den übrigen Contingenten weit überlegen.

Noch bleibt zu erwägen, daß eine Besetzung des megarischen Sundes, dessen natürliche Beschaffenheit auf der persischen Flotte z. B. phönikischen Seeleuten wohl bekannt sein mochte, unvortheilhaft, ja unthunlich erscheinen mußte. Die langgewundene Meerenge, welche noch dazu durch vorgelagerte Inseln unzugänglicher wird, mit einer so großen Zahl von Schiffen versperren zu wollen hat geradezu keinen Sinn; bemerkenswerth ist es, daß im dritten Jahre des peloponnesischen Krieges den Athenern 3 Wachtschiffe bei dem Fort Budoros, dem Ausläufer von Salamis Nisäa gegenüber, genügend erschienen um den Hafen von Megara zu blockiren. Ein Zeugniß für die Enge des Fahrwassers findet sich bei Roß **): „Die Fahrt gieng durch den engen und gekrümmten Canal zwischen dem Westende von Salamis und dem Festlande. So schmal ist das Fahrwasser, daß die Medea (das englische Kriegsdampfboot, welches dem König Otto auf seinen Reisen zu Gebote stand) nur vermittelst der größten Achtsamkeit ihrer Führer sich hindurch winden konnte, und es gilt als ein Zeugniß der großen Tüchtigkeit im Seewesen des englischen Gesandten Sir Eduard Lyons, daß er noch als Capitain seine Fregatte Madagaskar einmal hier durch geführt hat.“ Und diese Angaben werden aufs sicherste bestätigt durch Berechnungen und Messungen der Neuzeit. Da wo zwischen der nordwärts von Nisäa weit in den Kanal vorspringenden Landzunge und dem Vorgebirge Budoros eine Insel liegt, welche im Alterthum mit der etwas weiter südwestlich gelegenen den gemeinsamen Namen Methurides führt ***), ist nach den Aufzeichnungen der unten angegebenen Seekarte das Fahrwasser zu beiden Seiten der Insel nicht weiter als etwa 100 Meter, die Tiefe übersteigt 5 Faden nicht. (1 Faden = 6 engl. Fuß = 1,829 Meter.) Und etwas weiter nördlich an der Stelle, wo abermals durch einen westlichen Ausläufer von Salamis der Seeweg verengert wird, zeigen die Tiefenmessungen der englischen Karte $\frac{1}{2}$, $1\frac{1}{2}$ und nur an einer Stelle $3\frac{1}{4}$ Faden Tiefe. Trotz des geringen Tiefgangs also der Trieren — Graser de vet. re navali § 32 berechnet ihn auf $8\frac{1}{2}$ Fuß — war immer beim Passiren einer solchen Stelle die äußerste Vorsicht von Nöthen. An eine Flucht durch diesen Kanal konnten die Griechen nicht denken, ebenso wenig als es für die Perser thunlich war dies enge Fahrwasser mit 200 Schiffen zu besetzen.

Nach dem Gesagten muß es auffallend erscheinen, wenn dem Berichte Diodors Glauben geschenkt wird, und doch geschieht dies noch mehrfach. So fügt Roß an der angeführten Stelle unmittelbar hinzu: „Dies ist die Meerenge, welche Xerxes am Tage der salaminischen Schlacht hatte besetzen lassen“. Und auch Leake, dessen Auseinandersetzungen sonst so klar und scharfsinnig sind, nimmt die Detachirung der Aegyptier an und bringt die 200 Schiffe dann in Abzug von den 1000, auf welche er die persische Flotte bei Salamis berechnet. Offenbar ist Leake zu dieser Meinung gekommen durch falsches Verständniß der einzigen Plutarch=Stelle, welche man mit Diodors Tradition in Verbindung

---

*) Ueber die von Porson hinter Ἀριόμαρδος B. 321 entdeckte Lücke vgl. die Ausgaben von Blomfield und Merkel zu dieser Stelle.

**) Reisen des Königs Otto und der Königin Amalie in Griechenland.

***) Auf einer hydrographischen Karte der englischen Admiralität vom J. 1843 wird sie Trupika genannt.

fetzen kann. Der Umstand, daß hier gerade auch 200 Schiffe genannt werden, eine Zahl, welche der Stärke des aegyptischen Contingents entspricht, mag den Irrthum veranlaßt haben. Die Stelle lautet: Ξέρξης εὐθὺς ἐξέφερε πρὸς τοὺς ἡγεμόνας τῶν νεῶν, τὰς μὲν ἄλλας πληροῦν καθ' ἡσυχίαν, διακοσίαις δ'ἀναχθέντας ἤδη περιβαλέσθαι τὸν πόρον ἐν κύκλῳ πάντα καὶ διαζῶσαι τὰς νήσους, ὅπως ἐκφύγοι μηδεὶς τῶν πολεμίων (Themistokles XII). Wahrscheinlich hat das καθ'ἡσυχίαν Leake zu seiner Auffassung geführt: die übrigen hatten Zeit in Muße seeklar zu werden, doch diese zweihundert hatten den weiten Weg nach dem Sunde von Megara zurückzulegen. Doch zeigt im Uebrigen die Stelle nichts, was diese Deutung rechtfertigte, das περιβαλέσθαι τὸν πόρον ἐν κύκλῳ πάντα kann, da die Perserflotte in Phaleron ankert, naturgemäß nichts weiter bedeuten als den ganzen südöstlichen Sund rings mit Schiffen umstellen, das διαζῶσαι τὰς νήσους paßt auf einen Schiffsgürtel, welcher Salamis mit den Inseln Atalanta und Psyttaleia und die letztere mit der Halbinsel Peiräeus verbinden soll. Woher Plutarch seine Zahl 200 hat, ist nicht zu ermitteln — beiläufig würde, wie weiter unten nachgewiesen werden wird, eine ähnliche Zahl zur Besetzung des ganzen südöstlichen Sundes ausreichen —, jedenfalls ist sie mit Diodors Notiz nicht in Verbindung zu setzen. Dieser gibt übrigens vom Verbleib dieses Detachements ebenso wenig Nachricht als von dem Schicksal der Abtheilung, welche Euböa umsegeln soll, die er, abweichend von Herodot, auf 300 Schiffe angibt.

So glaube ich denn hinlänglich dargethan zu haben, daß an eine Besetzung des megarischen Sundes nicht zu denken ist. Schon Grote übrigens (Gesch. Griechenlands 3, 101) zieht Diodors Tradition in Zweifel, ohne aber die Frage näher zu erörtern, Curtius erwähnt das Manoeuvre gar nicht, scheint ihm also gleichfalls keinen Glauben beizumessen. Eine höchst auffallende Auffassung findet sich bei Duncker (Geschichte des Alterthums 4, 793): „Auf der Rhede von Phaleron lag der rechte Flügel der persischen Flotte, die phönikische Division. Diese erhielt den Befehl, um Mitternacht so lautlos als möglich in See zu gehen, und Salamis zu umschiffen, um den Hellenen den Rückzug durch den westlichen Ausgang der Enge von Salamis abzuschneiden. In diesem Theile des Sundes angekommen, sollte sie in demselben bis nach Eleusis hinaufgehen und sich hier den Bug gegen Salamis so aufstellen, daß sie wieder den rechten Flügel der Flotte bildete und den linken der Hellenen im Halbkreise umfaßte.“ Wie die Perser die Abschließung nach der Bai von Eleusis zu auf eine sehr viel einfachere Art bewerkstelligten, wird bald dargethan werden. Uebrigens wird eine Widerlegung dieser kühnen, auf keine Ueberlieferung gestützten Combination nach den obigen Auseinandersetzungen über das Fahrwasser kaum nöthig sein. Nur so viel will ich, um das höchst Gewagte der Vermuthung darzuthun, anführen, daß selbst abgesehen von dem unüberwindlichen Hinderniß, welches der enge Kanal einem solchen Plane bot, schon der bloße Seeweg, den man nach der Karte des französischen Generalstabes auf ungefähr 30 Seemeilen anschlagen muß, von einer größeren Flottenabtheilung in den wenigen Stunden der Nacht schwerlich hätte zurückgelegt werden können.

Nachdem die Fragen über Autorität des Aeschylus und Herodot, über die Schiffszahl und die Besetzung des megarischen Sundes Erledigung gefunden, wird im Folgenden die Schlacht selbst darzustellen sein. Ueber die Ereignisse unmittelbar vor der Schlacht, die Stellung der beiden Flotten, die Besetzung von Psyttaleia, den Gang der Schlacht sind die Berichte des Herodot und des Aeschylus wesentlich im Einklang, abzüglich natürlich solcher Einzelheiten, welche in des Dichters dramatischen Plan sich nicht einfügten; es wird sich vor Allem darum handeln den Ort des Kampfes festzustellen, über den die Meinungen noch immer auseinandergehen.

Die Griechen hatten bei Artemisium muthig die Perser angegriffen und in den drei Treffen, wenngleich keine Entscheidung herbeigeführt, so doch mit entschiedenem Glück gekämpft. Wind und Wellen waren ihre mächtigen Bundesgenossen gewesen, an den steilen Felsenufern des Pelion und an Euböas stürmischem Vorgebirge waren Hunderte von Perserschiffen zerschellt. Die Griechen waren, da sie Kunde von Leonidas' Heldentod und dem Verlust von Thermopylä erhalten, durch das euböische Meer zurückgesegelt und hatten in der Bucht von Salamis Anker geworfen. Rathlosigkeit und Angst vor der erdrückenden Uebermacht der Perser herrscht auf der Flotte, und als Abends die Botschaft von der Einnahme Athens kommt, denkt man auf eilige Flucht. Nur der hochherzige und kluge Themistokles ist unverzagt und zeigt, daß nur in der Bucht von Salamis der Kampf mit der Perserflotte zu bestehen. Allein seine Worte finden bei dem Kleinmuth und der Hartnäckigkeit der peloponnesischen Anführer kein Gehör. Schweren Herzens begibt sich Themistokles aus der Versammlung wieder in sein Schiff.

Doch hier kann er keine Ruhe finden: unablässig quält ihn der Gedanke seine weitausschauenden Pläne nun mit eins vereitelt zu sehen, sein Freund Mnesiphilos *) schürt das Feuer, und bald trägt ihn ein Nachen wieder zum Admiralschiffe des Eurybiades. Trotz des Einbruchs der Nacht bewegt er diesen auf's neue eine Berathung zu berufen. Und seine siegende Beredsamkeit, sein unerschütterlicher Muth schlägt die höhnische Anmaßung und kleinmüthige Eifersüchtelei der Führer nieder: er setzt zuletzt den Beschluß durch vor Salamis auszuharren. Bei Diodor (XI, 15 u. 16) überzeugt Themistokles sogleich bei der ersten Berathung die peloponnesischen Führer von der Nothwendigkeit des Kampfes bei Salamis; natürlich ist sein Zeugniß neben Herodot von keinem Gewicht. Gerade diese Scene, wie sie Herodot schildert, ist so ungemein lebenswahr, stimmt so vortrefflich zu dem Vorhergegangenen, daß wir derselben unbedingt Glauben beimessen dürfen. Das bekannte, nur von Plutarch überlieferte πάταξον μὲν, ἄκουσον δέ paßt übrigens trefflich auf Themistokles: der Mann, welcher in edler Selbstverläugnung sich willig dem schwachen, unbedeutenden Eurybiades untergeordnet, würde, wo so hohe Interessen auf dem Spiele standen, auch von dem höhnischen, eifersüchtigen Adeimantos **) einen Schlag ausgehalten haben.

Die entschlossene Haltung des Themistokles, seine Drohung fortzugehen und in Italien ein neues Athen zu gründen hatten mächtig gewirkt: man beschloß vor Salamis den Kampf zu wagen. Als aber der anbrechende Morgen das gegenüberliegende Gestade von Attika von unermeßlichen Schaaren der Perser bedeckt zeigte, als im Osten, nach der phalerischen Bucht hin, das Meer von den zahllosen Segeln der Perserflotte schimmerte, da sank in der salaminischen Bucht auf's neue der Muth. Nur die Athener, Aegineten und Megarer waren entschlossen zu bleiben, die Uebrigen forderten lärmend den Aufbruch nach dem Isthmus. So verstreicht der Tag unter Furcht und Unschlüssigkeit, da entschließt sich Themistokles zu einer letzten Kriegslist: er meldet dem Großkönige durch seinen Sklaven Sikinnos das Vorhaben der Griechen und fordert ihn auf sie während der Nacht einzuschließen.

Aus Herodots Darstellung (VIII, 70) geht hervor, daß Xerxes schon während dieses Tages in einer Berathung beschlossen hatte am folgenden Tage die Flotte der Griechen anzugreifen. Vergebens hatte Artemisia, die kluge Fürstin von Halikarnaß, ohne Scheu vor dem Zorne des Königs darauf hingewiesen, wie leicht der Kampf bei Salamis mißlich ablaufen könne, wie das Vorrücken des Landheeres gegen den Isthmus die einzige sichere Gewähr des Sieges sei; in unglaublicher Verblendung sah der Großkönig die Gefahr nicht, welche bei einem Kampfe in so engem Fahrwasser seiner Flotte drohte, zu verlockend erschien es ihm am Gestade von hohem Throne der Vernichtung der Griechenflotte zuzuschauen: so ging er voll Hast auf Themistokles' Plan ein.

*) Plutarch Themistokles II spendet der politischen Weisheit dieses sonst unbekannten Mnesiphilos reiches Lob; wenn er de malignitate Herodoti XXXVII wie so viele andere, so auch diese Darstellung des Geschichtschreibers als einen Beweis für seine κακοήθεια betrachtet, so ist das, wie die ganze von Abgunst und Vorurtheil erfüllte Schrift zu beurtheilen.

**) Plutarch erzählt das Geschichtchen, das ja an sich ohne Bedeutung ist, von Eurybiades; schon Grote Gesch. Gr. 3, 98 weist darauf hin, daß diese Aeußerung offenbar auf das Verhältniß zwischen Themistokles und Eurybiades nicht passe.

Mit dem Bericht über Themistokles' List setzt der Bericht des Boten bei Aeschylus ein. Echt orientalische Färbung gibt der Dichter dem Erlaß des Befehls zur Einschließung:

„Entrönnen Hellas' Söhne dann dem Untergang,
Ausweg gewinnend etwa durch geheime Flucht,
So büße jeder Führer ihm mit seinem Haupt" *).

Ausdrücklich werden 3 Reihen Schiffe erwähnt, welche die Meerenge zwischen Salamis und dem Peiräeus besetzen sollen:

τάξαι νεῶν μὲν στῖφος ἐν στοίχοις τρισὶν
ἔκπλους φυλάσσειν καὶ πόρους ἁλιῤῥόθους,
ἄλλας δὲ κύκλῳ νῆσον Αἴαντος πέριξ.

Die Schwierigkeit liegt in dem letzten Verse. Man kann nämlich beim ersten Anblick versucht sein, das κύκλῳ νῆσον Αἴαντος πέριξ auf Diodors Ueberlieferung von der Besetzung des megarischen Sundes zu beziehen, oder darin eine Stütze finden für die oben erwähnte Duncker'sche Hypothese von dem Sperren der nordwestlichen Ausfahrt durch Umsegeln der Insel: bei näherer Betrachtung indessen wird man sehen, daß eine Deutung der Stelle auf diese oben als sachlich unhaltbar nachgewiesenen Manoeuvres auch sprachlich nicht thunlich ist. Die Abhängigkeit nämlich des Verses 368 von τάξαι in V. 366 führt darauf, daß die Position zu verstehen ist, welche ein Theil der Perserflotte nach ausgeführtem Manoeuvre einnehmen soll. Diese Bewegung, welche Aeschylus dann im Folgenden beschreibt, ist eine nordwestliche durch die Bucht von Salamis, Zweck derselben Umfassung der nordwestlichen Spitze von Salamis. Die Schiffe, welche Xerxes im Kreise rings um Aias Insel aufzustellen befiehlt, beschreiben einen weiten Halbkreis, dessen südöstlicher Bogen durch die Linie Peiräeus, Psyttaleia und Kynosura gebildet wird, der sich dann an der attischen Küste entlang zieht und im Nordwesten den Vorsprung umflügelt, welcher die Bucht von Salamis gegen die Bai von Eleusis abschließt. So sind denn die Griechen, welche in der Bucht ankern, im Kreise rings umschlossen, das Gestade der Insel selbst macht den Kreis vollständig. Zum Beweise, daß nur an eine κύκλωσις der eben auseinandergesetzten Art zu denken, dient übrigens auch V. 380:

τάξις δὲ τάξιν παρεκάλει νεὼς μακρᾶς,

was doch auf die Detachirung einer Flottenabtheilung nicht passen würde.

Sobald der Sonne Strahl erloschen und die Nacht hereingebrochen, wird des Königs Befehl vollzogen, Ruderer und Hopliten besteigen die Schiffe, durch Zuruf von Fahrzeug zu Fahrzeug bleiben die Geschwader zusammen, ein jeder Schiffsführer nimmt seine Stelle ein:

καὶ πάννυχοι δὴ διάπλοον καθίστασαν
ναῶν ἄνακτες πάντα ναυτικὸν λεών.

Ist die Stelle richtig überliefert, so bleibt nichts übrig, als διάπλοον, wie schon Schütz vorgeschlagen, adjectivisch zu nehmen. Die Scholien schweigen, nirgends bei den alten Lexikographen wird ein Adjectivum διάπλοος neben dem Substantiv erwähnt. Blomfield, welcher die Schütz'sche Erklärung navigando sine remissione intentus nicht für unmöglich hält, vermuthet gleichwohl: καὶ πάννυχοι δὴ εἰς διάπλοον καθίστασαν. Abgesehen von der Schwierigkeit das Wort διάπλοος als Adjectiv zu fassen, nehme ich wegen πάννυχοι überhaupt an der Sache Anstoß. Hat man sich wirklich die Schiffe während der ganzen Nacht in Bewegung zu denken? Der Seeweg ist auch für die weiter südostwärts über die phalerische Bucht hinaus postirten Perserschiffe schwerlich so weit zu rechnen, daß die ganze Nacht über der Ausführung des Manoeuvres verstrichen wäre, und sollte man nicht glauben, daß jedes Ge-

---

*) Pers. V. 369 ff. nach Donners Uebersetzung.

schwader, sobald es seinen Posten erreicht, dann stille gelegen und Tagesanbruch erwartet hätte? Die ausdrückliche Erwähnung von πάντα ναυτικὸν λεών führt mich auf die Vermuthung für διάπλοον zu setzen διάπονον. Die Schiffsführer, denen bangt vor dem Loos, welches ihnen droht, wenn es den Hellenen gelingt zu entrinnen, halten das Schiffsvolk, Ruderer wie Seesoldaten, die ganze Nacht hindurch in Allarm, damit kein Hellenenschiff durchschlüpfe. Die offenbar auch in der Nacht geschehene Besetzung von Psyttaleia erwähnt Aeschylus absichtlich erst an späterer Stelle, die dramatische Wirkung wird dadurch erhöht, daß Atossa und der Chor auf diese furchtbare Katastrophe in keiner Weise vorbereitet sind.

Der Bericht Herodots steht betreffs der von den Persern zuletzt eingenommenen Stellung mit dem des Aeschylus vollkommen in Einklang, nur ist aus Herodot zu ergänzen eine Bewegung einer persischen Flottenabtheilung am Tage vor der Schlacht. Schon oben war Erwähnung gethan des Kriegsrathes in Phaleron, in welchem Xerxes Artemisias klugen Rath verschmäht und noch ehe Themistokles' Botschaft eingetroffen, die Schlacht beschließt. Eine Flottenabtheilung setzt sich nach Salamis in Bewegung und postirt sich an der südlichen Ausfahrt. Zum Beginn der Schlacht reicht der Tag nicht mehr aus, denn schon bricht die Nacht herein, sie rüsten sich daher auf den folgenden Tag (VIII, 70). Offenbar wird diese Bewegung von dem linken, südostwärts von Phaleron am attischen Gestade aufgestellten Flügel der persischen Flotte ausgeführt, der rechte, den die Phöniker inne haben, bleibt noch an seiner Stelle. Es erhellt dies aus der bekannten Stelle des Herodot *), in welcher freilich die Bestimmung von Keos und Kynosura Schwierigkeiten macht, die mit völliger Sicherheit überhaupt nicht zu heben sind. Daß an die Kyklade Keos und an das Vorgebirge Kynosura bei Marathon nicht zu denken, darüber stimmen alle neuern Ausleger überein, die Entfernung dieser Orte vom Kampfplatze ist weit größer, als daß sie in so kurzer Zeit hätte zurückgelegt werden können. Eine Tradition der Alten ist nicht vorhanden, man ist indessen wegen des Bakis-Orakels bei Herodot VIII, 77 und wegen der natürlichen Gestalt leicht darauf gekommen in der langgestreckten südöstlichen Halbinsel von Salamis Kynosura zu entdecken. In Keos sieht Leake (p. 200) einen Ort in Salamis oder an der attischen Küste dem Vorgebirge Kynosura gegenüber, noch wahrscheinlicher hält er Verderbniß der Stelle und vermuthet τὴν νῆσον (Psyttaleia) statt τὴν Κέον. Grote (3, 102) hält Keos und Kynosura „für unbekannte Punkte an der attischen Küste, weil es ihm unwahrscheinlich vorkommt, daß die Perser sich der vom Feinde besetzten Insel am Tage vor der Schlacht genähert hätten, er vermuthet, daß Herodot sich durch den lebhaften Wunsch das Orakel des Bakis erfüllt zu sehen habe irreleiten lassen." Vielleicht darf man sich unter Keos eins der kleinen Felseneilande im Süden der Halbinsel Kynosura denken, vollständige Sicherheit ist wohl, wie schon oben bemerkt, über diese Frage nicht zu erreichen. So viel aber läßt sich aus der Vergleichung Herodots und Aeschylus' ersehen, daß wir eine dreifache Bewegung der persischen Flotte vor der Schlacht zu denken haben, die erste das Vorschieben des linken Flügels nach Kynosura zu, die zweite die Besetzung des ganzen πόρος durch 3 Schiffsreihen, die dritte das Vorschieben des rechten Flügels bis zur Abschließung der Bai von Eleusis.

Diodor nimmt offenbar die Schlacht im südlichen Eingang an, er berichtet (XI, 18) von den Griechen, daß sie den Sund zwischen Salamis und dem Herakleion inne hatten, und kurz darauf nach der Erwähnung von Xerxes' Sitz am Gestade heißt es: „Die Perser wahrten zuerst beim Anfahren die Ordnung in der Schlachtlinie, da sie weites Feld hatten; als sie aber in die Meerenge kamen, sahen sie sich genöthigt, Schiffe aus der Linie zurückzuziehen, wodurch große Verwirrung entstand." Die Bewegungen der Perserflotte am Tage und in der Nacht vor der Schlacht, wie sie Herodot und

---

*) . . . ἐπειδὴ ἐγίνοντο μέσαι νύκτες, ἀνῆγον μὲν τὸ ἀπ᾽ ἑσπέρης κέρας κυκλούμενοι πρὸς τὴν Σαλαμῖνα, ἀνῆγον δὲ οἱ ἀμφὶ τὴν Κέον τε καὶ τὴν Κυνόσουραν τεταγμένοι, κατεῖχόν τε μέχρι Μουννυχίης πάντα τὸν πορθμὸν τῇσι νηυσί. VIII, 76.

Aeschylus melden, vor Allem aber die natürliche Enge des Sundes, welche bald noch näher erörtert werden wird, machen diese Annahme unmöglich. Gleichwohl findet man sowohl bei Herodot = Auslegern, als auch in chartographischen Darstellungen der Schlacht noch öfters diese Ansicht vertreten *). Außer den beiden so eben angeführten Gründen für die Irrigkeit dieser Voraussetzung könnte man leicht noch mit Bezug auf die griechische Flotte als Beweis anführen: Wird eine Schwenkung des linken Flügels der griechischen Flotte, die doch bei dieser Voraussetzung nöthig gewesen wäre, da dieselbe in der Bucht von Salamis lag, irgendwo erwähnt? Und würden wohl die Griechen ihren linken Flügel an das attische Gestade gelehnt haben, das doch von den Persern besetzt war?.

Betreffs der Aufstellung der einzelnen Geschwader finden sich begreiflicherweise bei dem Drama= tiker keine Notizen, die Angaben Herodots und Diodors stimmen im Wesentlichen **) überein. Auf dem linken Flügel der Griechen standen die Athener, in der Mitte die kleinern Contingente, auf dem rechten Flügel die Aegineten und Megarer, „denn diese, setzt Diodor verständig hinzu, standen nächst den Athe= nern am meisten im Ruf der Seetüchtigkeit, auch versah man sich zu ihnen der Tapferkeit, weil sie vor Allen bei einem unglücklichen Ausgang der Schlacht keine Zufluchtsstätte haben würden." Bei den Per= sern hatten die Phöniker den wichtigen rechten Flügel, der einmal die Athener bestehen, dann auch jeden Durchbruch der Griechen nach der eleusischen Bai zu hindern sollte. Den linken Flügel nach dem Peiräeus zu hielten die Jonier. Aus Diodor (XI, 19) kann man noch ergänzen, daß an die Phöniker sich nach dem Centrum zu Kyprier, Kilikier, Pamphylier, Lykier anschlossen. Die Nachricht Diodors, (XI, 17) daß die Jonier vor der Schlacht einen Samier zu den Griechen hinübergesandt hätten mit der Nachricht, die Jonier würden in der Schlacht übergehn, ist völlig unhaltbar: Diodor erzählt nachher (XI, 19) selbst, daß auf dem linken Flügel der Perser sich ein hartnäckiger Kampf entsponnen habe, Herodot berichtet, daß eine Triere der Tenier vor der Schlacht übergangen sei, und sagt ausdrücklich (VIII, 85), daß Themistokles' Aufforderung in der Schlacht absichtlich feige zu sein (VIII, 22) nur bei sehr wenigen Joniern Beachtung gefunden habe.

Noch bleibt zu bemerken, ehe wir zu den Vorgängen der Schlacht übergehen, daß die Perser an der attischen Küste ein zweites Treffen aufgestellt hatten (Her. VIII, 89); von den Griechen wird dies nicht berichtet, es scheint daß die Enge des Kampfplatzes die Perser zu dieser Maßregel veran= laßte. In der obigen Auseinandersetzung über die Zahl der persischen Schiffe hatte ich 750 als die an= nähernde Zahl hingestellt; ich will jetzt versuchen die einzelnen Positionen der Perserflotte nach ihrer Stärke mit besonderer Rücksicht auf die natürliche Beschaffenheit der Meerenge zu bestimmen.

Auf die bei Aeschylus erwähnten 3 Reihen Schiffe, welche die südliche Ausfahrt sperren sollten, wird man ungefähr 200 Schiffe zu rechnen haben und diese etwa folgendermaßen vertheilen können: Die schmalste Stelle zwischen Kynosura und der gegenüberliegenden attischen Küste ist nach der französischen Generalstabskarte, so wie nach Kiepert ***) ungefähr 11 Stadien oder 2080 Meter, also nicht viel breiter als eine Seemeile †) (= ¼ deutsche Meile = 1855 Meter), die Tiefenmessungen auf der oben erwähnten englischen Seekarte variiren im südlichen Sunde zwischen 9 und 18 Faden, nirgends Untiefen, man hat also für schlechtes Fahrwasser nichts von der ganzen Breite in Abrechnung zu bringen. Gleichwohl aber dürfen wir für diese erste Reihe persischer Schiffe keine höhere Zahl

---

*) Ich führe von Aeltern Barthélemy, von Neuern Abicht und Stein an.

**) Ohne große Bedeutung ist das Abweichen ihrer Berichte hinsichtlich der Stellung des kleinen lakedämonischen Contingents (Her. VIII, 85; Diodor XI, 18).

***) Neuer Atlas von Hellas und den hellenischen Colonien in 15 Blättern, Berlin 1871.

†) Die Distance=Angaben der Alten sind vielfach höchst unzuverlässig, so gibt Strabo IX, 395 die schmalste Stelle des Meeres zwischen Attika und Salamis auf „ungefähr 2 Stadien" an, während die wahre Breite 7 — 8 Stadien beträgt.

als höchstens 50 ansetzen. Die oben angegebene Breite würde 6600′ betragen, hiervon wären abzuziehen ungefähr 50 × 30′ für Schiffsbreite incl. Ruderrechen *), so blieben 5100′, mithin der Abstand zwischen je 2 Trieren nicht größer als ungefähr 100′. Nun beträgt aber die Länge der attischen Triere nach Graser § 30 etwa 149′, bei nur hundert Fuß Distance würde also eine Schiffswendung — und auf eine solche mußte bei dieser Besetzung Rücksicht genommen werden — nur mit größter Genauigkeit und Sicherheit des Manoeuvres ausgeführt werden können. Die oben aufgestellte Zahl von 50 Trieren ist also sicher das äußerste, was für die erste Reihe im südlichen Sunde anzusetzen ist. Zu Gunsten dieser Auseinandersetzung spricht ja auch der Umstand, daß es dem Aristides, so wie der Triere mit den Aeakidenbildern gelingt durch die persischen Wachtschiffe hindurchzuschlüpfen.

Die zweite Reihe der persischen Schiffe denke ich etwas weiter südwärts aufgestellt, so daß ein Schiffsgürtel sich zieht von der kleinen Bucht im Süden der Landspitze Kynosura bis nach Psyttaleia und von der Nordostspitze dieses Eilands nach dem gegenüberliegenden attischen Ufer. Diese beiden Fahrstraßen haben eine Breite von ungefähr je 7 Stadien, konnten mithin auch zusammen nicht mehr als ungefähr 50—60 Fahrzeuge aufnehmen. Setzen wir nun schließlich für die dritte äußerste Linie von einem Punkt südlich von Kynosura bis nach dem Peiräeus noch die stattliche Zahl von 100 Schiffen, immer werden wir über die oben angegebene Zahl von 200 Schiffen kaum hinauskommen. Es bleiben also für die Haupt-Schlachtlinie der Perser am Gestade Attikas noch ungefähr 550 Segel. Schlagen wir nun die oben erwähnte Reserve auf 150 Schiffe an, so bleibt in erster Linie den Griechen gegenüber eine Schiffszahl, welche der Stärke der griechischen Flotte ungefähr gleich ist. Beide Schlachtreihen dehnen sich, wenn man bei der hellenischen die Einschnitte in der Bucht von Salamis, am attischen Gestade die Einbuchtung bei Thymoeta in Anschlag bringt, eine gute deutsche Meile aus; daß nach Besiegung des rechten persischen Flügels der Kampfplatz sich bald sehr verengerte, indem sich der Kampf nach der südlichen Ausfahrt hinzog, geht aus Herodots wie Aeschylus' Darstellung hervor. Bei der Anzahl von 378 griechischen Schiffen könnte das Fahrwasser auch für diese ungemein eng und der Zwischenraum zwischen den Schiffen zu gering erscheinen, doch hat man hier in Anschlag zu bringen das sicher eingeübte Manoeuvre des διέκπλους, bei welchem Schiffswendungen nur selten nöthig waren. Wird aber, möchte man fragen, durch diese Art die Aufstellung bei Salamis aufzufassen der Sieg der Hellenen nicht ungebührlich herabgesetzt? Man wird das Glorreiche des Kampfes vollkommen würdigen, wenn man erwägt, wie trotz der Thorheit sich in das enge Fahrwasser zu begeben dennoch die Dispositionen der Perser für die Hellenen höchst gefahrdrohend waren. Psyttaleia und der südliche Ausgang der Bucht waren stark besetzt, der nördliche Ausgang durch Ueberflügelung verlegt, das beste Flottengeschwader war dem furchtbarsten der Feinde, dem athenischen gegenübergestellt und hatte zweifelsohne die Aufgabe die feindlichen Schiffe südwärts zu drängen, wo sie dann der wohlgeordneten Flottenabtheilung, die hier Wache hielt, in die Hände fielen. Daß dieser Plan der Perser scheiterte, war vor Allem athenischem Heldenmuthe zu danken.

Doch kehren wir nach dieser Auseinandersetzung zurück zum Beginn der Schlacht. Der edle Aristides, dessen Rückberufung sein hochherziger Gegner selbst beantragt hatte, ist unter dem Schutze der Nacht kühn durch die Reihen der persischen Wachtschiffe gedrungen, er bringt die Nachricht, daß die Einschließung vollendet. Als das Frühroth leuchtet, sehen die Perser die Hellenen kampfgerüstet

---

*) Nach Graser § 31 ist die attische Triere über dem Wasserspiegel ungefähr 14′ breit, die Ruder der θρανῖται sind nach § 23 13½′—14′ lang und ragen mit ⅗ ihrer Länge über Bord, so würden sich ungefähr 30′ als Entfernung zwischen den Spitzen der Thraniten-Ruder einer Triere ergeben. Aehnliche, nach dem früher Bemerkten vielleicht größere Maße hatten die Schiffe der Perser.

sich gegenüber; der Großkönig, umgeben von seinen Geheimschreibern und Würdenträgern, besteigt den Thron nahe·am Gestade *), um die Großthaten der Seinen und die Vernichtung der Feinde zu schauen. Aber drüben am Ufer des Eilands herrscht freudige Begeisterung, so eben ist, wunderbar den verfolgenden Feinden entronnen, das Schiff mit den Aeakiden eingetroffen, wie bei Marathon wollen die Heroen des Landes den Hellenen im Kampfe gegen die Barbaren beistehen: freudige Zuversicht schwellt die Herzen am Strande von Salamis. Und alsbald ertönt laut widerhallend am Felsgestade der Insel die muthige Kriegstrompete, erschallt der Päan:

> Auf, Hellas' Söhne, stürmt zur Schlacht,
> Befreit die Watererde,. Kinder, Gattinnen,
> Befreit der Heimathgötter alten Sitz, befreit
> Der Ahnen Gräber! Jetzt um Alles gilt der Kampf. **)

Wenn bei Aeschylus (V. 399) der rechte Flügel der Hellenen zuerst vorgeht, so ist dies leicht zu erklären. Die Aegineten und Megarer, welche an Kynosura lehnten, hatten bis zum Feinde den weitesten Weg und begannen deßhalb die Bewegung gegen denselben. Als die Perser wider Erwarten die griechische Flotte kampfesmuthig heranrudern sahen, fuhren sie, gleichfalls unter Kriegsgeschrei, ihnen entgegen. Herodot erzählt, daß die Griechen vor dem Beginn des Kampfes eine Rückwärts=bewegung mit vorwärts gekehrtem Schiffsschnabel machten ($πρύμνην ἀνεκρούοντο$ VIII, 84). Ist nun hierbei auch keineswegs an Flucht zu denken, sondern an ein völlig ordnungsmäßiges Zurückgehn, so darf es uns gleichwohl nicht Wunder nehmen, wenn der Dramatiker dessen nicht Erwähnung thut. Schon der Umlauf der Fabel von dem Erscheinen eines Weibes, welches den Griechen zugerufen habe: „Ihr Unseligen, wie lange wollt ihr noch rückwärts rudern?" (Her. VIII, 84) bezeugt, wie Grote (3, 105) richtig bemerkt, daß für kurze Zeit Zaudern und Unentschlossenheit in der griechischen Schiffs=reihe herrschte. Sollte der Dichter die Erinnerung daran wach rufen? Aber nur kurze Zeit dauert die Bestürzung, auf dem linken Flügel weckt ein Themistokles Muth und Begeisterung, ein athenisches Schiff fährt über die Linie hinaus und bricht einem phönikischen Schiffe das Hintertheil (Pers. 410). Herodot (VIII, 84), Diodor (XI, 18 u. 27) und Plutarch (Themist. 14) berichten, daß Ameinias aus Athen der Held gewesen, der seine Triere zuerst gegen den Feind geführt, Herodot erwähnt gleichzeitig, die Aegineten hätten für ihr Aeakidenschiff die Ehre des ersten Angriffs in Anspruch genommen; Diodor nennt den Ameinias ausdrücklich des Aeschylus Bruder, bei Herodot ist er aus dem Gau Pallene, bei Plutarch aus dem Gau Dekeleia, was beides nicht zu Aeschylus dem Eleusinier stimmt. Diodor sagt an beiden Stellen, das persische Admiralschiff sei zuerst in den Grund gebohrt, Plutarch berichtet das gleiche und nennt als Admiral Xerxes' Bruder $Ἀριάμνης$. Bei Herodot (VIII, 89) fällt Xerxes' Bruder $Ἀριαβίγνης$ mitten im Getümmel der Schlacht und dieser Ariabignes wird wieder unter den vier Admiralen der persischen Flotte als Nauarch der ionischen und karischen Abtheilung genannt, die also auf dem linken persischen Flügel focht. Wer will es bei diesen mannichfaltigen Abweichungen der Ueberlieferung wagen diese Einzelheit der Schlacht, die sich so leicht der genauen Beobachtung entziehen konnte, mit Sicherheit zu bestimmen? Schließen darf man wohl mit Grote (3, 105), daß

*) Wenn bei Plutarch neben der richtigen Angabe, der Thron habe gestanden $ὑπὲρ τὸ Ἡράκλειον, ἤ βραχεῖ πόρῳ διείργεται τῆς Ἀττικῆς ἡ νῆσος$, auch die Notiz eines gewissen Akestodoros sich findet, Xerxes' Thron habe bei den Bergen $Κέρατα ἐν μεθορίῳ τῆς Μεγαρίδος$ gestanden, so ist dies völlig undenkbar und verdient also keine Beachtung. Auf einem der hervorragenden Abhänge im Süden des Aegaleos muß der Thron gestanden haben; Ktesias (Pers. c. 26) erkennt den Platz am Herakleion an.

**) Aesch. Pers. v. 402 ff. nach Donners Uebersetzung.

Aeschylus, wäre der erste Stoß eines griechischen Schiffsschnabels auf ein persisches Admiralschiff gerichtet gewesen, dessen Erwähnung gethan haben würde. Der Name seines heldenmüthigen Bruders konnte natürlich ebenso wenig Platz finden, wie der des Themistokles und Aristides. Immer mag es uns übrigens, trotzdem die Sache nicht völlig sicher zu erweisen ist, eine schöne Vorstellung bleiben, daß der Bruder des Dichters den Heldenkampf begonnen habe. Dafür aber, daß die Athener zuerst das glorreiche Beispiel gegeben, sprechen die vorhin erwähnten Zeugnisse; wenn die Aegineten den Kampf begonnen zu haben behaupteten und nachher auch den Preis der Tapferkeit davontrugen, so darf man darin schwerlich etwas anderes als den Ausdruck kleinlicher Eifersucht gegen die Athener erblicken. Die Aegineten hatten die Entwickelung der athenischen Seemacht seit Themistokles' erstem Auftreten mit argwöhnischen und neidischen Blicken verfolgt. Die den Perser= kriegen kurz voraufgehende Fehde zwischen Athen und Aegina hatte die Bewohner der Insel, welche lange in den Gewässern des saronischen Meerbusens die herrschende Macht gewesen, so zum Haß gegen die Athener aufgestachelt, daß sie sich beim Zuge des Datis und Artaphernes der persischen Sache anschlossen, um nur die verhaßte Nebenbuhlerin gezüchtigt zu sehen. Was Wunder also, wenn zehn Jahr später die Spuren der Rivalität noch nicht verlöscht sind? Zur Zeit aber, da Herodot forschte, war Aegina von Athen schwer gezüchtigt (456 v. Chr.) und man mißgönnte auf der Aeakideninsel den Athenern einen hervorragenden Antheil an dem Ruhme des Tages von Salamis. Zur Beleuchtung des eben berührten Verhältnisses dient auch die von Herodot (VIII, 92) mitgetheilte Scene zwischen Themistokles und Polykritos.*) Noch will ich betreffs des Beginns der Schlacht erwähnen, daß ich mit Leake (p. 203) die Notiz bei Plutarch (Themistokles XIV), die Griechen hätten erst die Stunde abgewartet, wo gewöhnlich der Seewind aufzuspringen pflegt, gegenüber dem überein= stimmenden Bericht des Aeschylus und Herodot für verwerflich halte, doch darf man wohl mit Curtius (Gr. Gesch. 2, 71) daraus abnehmen, daß im Laufe des Tages „Luft und Meer unruhiger wurden".

Das Beispiel kühner Heldenthat wirkt begeisternd, in der ganzen Schiffsreihe entbrennt nun der Kampf. Ich setze den Bericht des persischen Boten hieher:

„Nun stürmte jeder Führer auf ein andres Schiff.
Anfänglich hielt des Perserheeres Woge Stand;
Doch als in engem Raume dicht der Kiele Schwarm
Sich drängte, Keiner Keinem mehr zu Hülfe war,
Sie selbst mit eigner Schnäbel erzbewehrtem Zahn
Sich schlugen, da zerbrachen alle Ruderreih'n,
Und Hellas' Schiffe stürmten wohlbedächtig an,
Ringsher um uns sich werfend; unsrer Schiffe Rumpf
Schlug um, die See war nirgend mehr sichtbar dem Blick,
Von Wrack und Scheitern wimmelnd und Erschlagenen,
Und Leichen deckten Klippen und Gestad' umher.
Verworren fliehend stürmten nun die Schiffe fort,
Soviel noch übrig waren aus dem Perserheer.
Doch jene schlugen, spießten sie, Thunfischen gleich

---

*) Was den Dritten angeht, welcher Anspruch erhob auf den Ruhm die Schlacht begonnen zu haben, Demokritos aus Naxos, den Simonides in einem Epigramm verherrlicht hat (Plut. de malign. Herod. c. 36), so berichtet Herodot nur, daß er zur griechischen Flotte gestoßen (VIII, 46).

Und anderm Netzesfange, mit zerbrochenem
Gebälk' und Rudertrümmern; Angstgeschrei zugleich
Durchscholl mit bangem Wehgeheul weithin das Meer,
Bis uns das Auge schwarzer Nacht dem Feind entzog." *)

Man darf nicht zweifeln, daß die Perser tapfer fochten, wie das auch Herodot ausdrücklich bezeugt (VIII, 86), doch wie ungleich auf beiden Seiten die Beweggründe, der Preis der Tapferkeit! Drüben am attischen Gestade das Verlangen sich unter den Augen des Großkönigs hervorzuthun, auf den griechischen Schiffen der Kampf für Freiheit und Heimaterde, für Weiber und Kinder, welche vom Felsgestade des Eilands bangen Herzens dem gewaltigen Ringen zuschauen. Nicht wenig half natürlich den Hellenen ihre große Fertigkeit im διέκπλους, jenem Manoeuvre, welches das Schiff zur Waffe machte, indem der eherne Schiffsschnabel mit unwiderstehlicher Kraft den Ruderrechen des feindlichen Schiffes brach. Dazu herrschte Ordnung und Plan im Angriff der Griechen, während in der Schiffs= reihe der Barbaren bald nach dem Gelingen des stürmischen Angriffs der Griechen Unordnung und Verwirrung einriß. Von großem Nutzen war ohne Frage den Griechen die schon oben (p. 4) ange= deutete größere Beweglichkeit ihrer Schiffe, welche wir als die Folge leichterer Bauart und geringerer Bemannung kennen gelernt hatten. Und diese Vortheile für die Flotte der Hellenen wuchsen natürlich durch die Enge des Kampfplatzes außerordentlich. Dies Alles hatte Themistokles weitschauender Geist gesehen, gleichwohl war sicher der Kampf für seine Schiffe ein schwerer und ruhmwürdiger, galt es doch, wie schon oben ausgeführt, den Plan der Feinde zu kreuzen und, statt sich selbst südwärts drängen zu lassen, den rechten Flügel der Feinde zum Weichen zu bringen. Hier ward die Schlacht entschieden, den Athenern gebührte ohne Zweifel der Preis des Tages. Unaufhaltsam geschah nun ein Drängen nach dem südlichen Ausgang, hier fielen die fliehenden Perser den Aegineten in die Hände, welche unbezweifelt auch aufs tapferste kämpften und nächst den Athenern wohl den größten Antheil am Siege hatten.

Die von Herodot ausführlich erzählte Geschichte von der List der klugen Artemisia bedarf keiner nähern Erörterung, es scheint begreiflich, daß der Geschichtschreiber mit einer gewissen Vorliebe über die Fürstin seiner Vaterstadt berichtet. Im Uebrigen ist sie für den Verlauf der Schlacht ebenso wenig von Bedeutung, als die Berichte über die Verleumdung der Jonier durch die Phoeniker, als die Spottrede des Polykritos gegen Themistokles, als der den Korinthiern von den Athenern angedichtete Fluchtversuch. Daß diese Verdächtigung nur ein Ausfluß der feindseligen Stimmung zwischen Athen und Korinth war, deutet Herodot selbst aufs bestimmteste an; Zeugniß dafür ist auch die von Plutarch (de malign. Herod. c. 39) angeführte Inschrift zu Ehren der bei Salamis gefallenen Korinthier, welche die Athener mehrere Jahrhunderte unangetastet ließen. Leake knüpft (p. 215) an den Bericht Herodots durch Zusammenstellung mit einer Erzählung Plutarchs (Solon c. 9) die interessante Com= bination, daß unter dem Skiradion wohl die nordwestliche Spitze von Salamis zu verstehen sei, wo jetzt auf einer schmalen Fläche am Strande das Kloster „der aus Licht gebrachten Jungfrau" (ἡ Παναγία φαναρωμένη) steht.

Wichtiger als alle die genannten Zwischenfälle der Schlacht und sicher verbürgt ist die letzte kühne That des Aristides, die Vernichtung der Perser auf Psyttaleia, welche von Aeschylus (Pers. 446 — 470) lebhaft und anschaulich geschildert wird. Unwesentlich ist es, wenn von Pausanias (I, 36) die Zahl der dort niedergemachten Perser auf 400 angegeben wird, wir dürfen Plutarch (Aristides

---

*) Aesch. Pers. 111 — 428 nach Donners Uebersetzung.

c. 9) glauben, daß es eine auserlesene Schaar von persischen Tapfern war, welche dort dem Schwerte der Griechen erlag. Ueber den Gesamtverlust beider Flotten schweigt Herodot, nach Diodor (XI, 19) verloren die Griechen 40 Schiffe, die Perser 200 außer denen, welche mit der Mannschaft in Feindes Hände fielen. Man darf glauben, daß dieser Bericht der Wahrheit nahe kommt; sicher war auch die Zahl der verlorenen Mannschaft auf persischer Seite eine bedeutende, wüthete doch der Kampf bis zum Sinken der Sonne (Aesch. Pers. 428). Zum Gedächtniß des glorreichen Sieges ward auf Kynosura ein Tropaeon errichtet, von dem man jetzt noch Spuren zu erkennen glaubt (Leake p. 162, Roß Königsreisen 1, 140). Kurz nach dem Siege zeigten zwar die Verhandlungen über den Siegespreis die kleinliche Eifersucht der Staaten wieder im hellsten Lichte, doch können wir aus den Ehren, welche man in Sparta dem Themistokles erwies, ersehen, daß man wußte, wem die Ehre des Tages von Salamis gebühre. Immer aber wird, wenn man der Kämpfe gedenkt um der Freiheit höchstes Gut, der Name Salamis helltönenden Klang haben; und eher werden die Wogen das Eiland selbst verschütten, als das Andenken an den Sieg von Salamis.

Druck von G. Basse in Quedlinburg.

Schulnachrichten

von Ostern 1874 bis Ostern 1875.

I. Lections-Vertheilung während des Sommer-Semesters 1874.

Lehrer.	Prima.	Ober-Secunda.	Unter-Secunda.	Ober-Tertia.	Unter-Tertia.	Quarta A.	Quarta B.	Quinta.	Sexta.	Summa
Director Dr. Dihle. Ord. I.	6 Griech. 3 Gesch.	4 Griech. 3 Gesch.								16
1. Oberl. Prof. Goßrau, Prorector. Ord. IIa.	8 Latein.	10 Latein.								18
3. Oberl. Schulze. Ord. IIIa.			2 Deutsch.	10 Latein.	2 Deutsch. 6 Griech.					20
1. ord. Gymnasial-Lehrer Birker.	4 Math. 2 Phys.	4 Math.	4 Math. 1 Phys.	3 Math.	3 Math.					21
2. ord. Gymnasial-Lehrer Dr. Noeldechen. Ord. IIb.	3 Deutsch.	2 Deutsch.	10 Latein. 2 Griech. 3 Gesch.							20
3. ord. Gymnasial-Lehrer Dr. Kohl. Ord. IIIb.	2 Franz.	2 Franz.	2 Franz.		8 Latein.	6 Griech.				20
4. ord. Gymnasial-Lehrer Looff. Ord. IVB.				4 Gesch. u. Geogr.	3 Franz. 4 Gesch. u Geogr.		10 Latein.			21
5. ord. Gymnasial-Lehrer Dr. Düning. Ord. V.				2 Deutsch. 3 Franz.			6 Griech.	9 Latein.		20
Wissensch. Hilfslehrer Henkel. Ord. VI.						3 Gesch. u. Geogr.		3 Franz.	3 Deutsch. 9 Latein. 3 Geogr.	21
Probe-Cand. und wissensch. Hilfslehrer Dr. Stephan.		2 Griech.	4 Griech.	2 Relig. 6 Griech.		2 Religion.		3 Relig.		19
Musikdir. Wackermann.					Ueber die Singstunden (6) s. u.	2 Deutsch. 3 Math. u. Rechnen.		4 Rechnen.	3 Relig. 4 Rechnen.	22
Provisor. Hilfslehrer Kälberlaß.					2 Latein.	10 Latein. 2 Französisch.		3 Deutsch. 3 Geogr.		20
Diakonus Armstroff.	2 Relig. 2 Hebr.	2 Religion. 1 Hebräisch.		2 Relig.						9
Schreiblehrer Hufeland.								3 Schreiben.	3 Schreiben.	6
Zeichenlehrer Bollmann.						2 Zeichnen.		2 Zeichnen.	2 Zeichnen.	6

II. Lections-Vertheilung von Neujahr bis Ostern 1875.

Lehrer.	Prima.	Ober-Secunda.	Unter-Secunda.	Ober-Tertia.	Unter-Tertia.	Quarta A.	Quarta B.	Quinta.	Sexta.	Summa.
Rector Dr. Dible. Ord. I.	6 Griech. 3 Gesch.	4 Griech. 3 Gesch.			3 Griech.					19
Oberlehrer Aug. Ord. Ia.	8 Latein.	8 Latein. 2 Griech.		2 Latein.						20
ord. Gymnasial-Lehrer Bircker.	4 Math. 2 Phys.	4 Math. { 1 Phys.	4 Math.	3 Math.	3 Math.					21
ord. Gymnasial-Lehrer Dr. Noeldechen. Ord. IIb.	3 Deutsch.	2 Deutsch.	10 Latein. 2 Griech. 3 Gesch.		2 Deutsch.					22
ord. Gymnasial-Lehrer Dr. Kohl. Ord. IIIb.	2 Franz.	2 Franz.	2 Franz.	5 Latein.	8 Latein.	3 Griech.				22
ord. Gymnasial-Lehrer Rooff. Ord. IVA.				3 Latein. 4 Gesch. u. Geogr.	2 Latein. 3 Franz. 4 Gesch. u. Geogr.	10 Latein.				26
ord. Gymnasial-Lehrer Dr. Düning. Ord. V.				2 Deutsch. 3 Franz.	3 Griech.		6 Griech.	9 Latein.		23
wissenschaftlicher Hilfslehrer Henkel. Ord. VI.						3 Gesch. u. Geogr.	2 Franz.		3 Deutsch. 9 Latein. 3 Geogr.	20
Probe-Cand. u. wissensch. Hilfslehrer Dr. Stephan. Ord. IIIa.		2 Latein.	2 Deutsch. 4 Griech.	2 Relig. 6 Griech.	2 Relig.	2 Religion.		3 Relig.		23
Musik-Dir. Wackermann.				Ueber die Singstunden (6) s. u.		2 Deutsch. 3 Math. u. Rechnen.		4 Rechnen.	3 Relig. 4 Rechnen.	22
Provisor. Hilfslehrer Kälberlah.						10 Latein. 3 Griech. 2 Franz.		3 Deutsch. 3 Franz. 3 Geogr.		24
Diakonus Armstroff.	2 Relig. 2 Hebr.	2 Religion. 2 Hebräisch.								8
Schreiblehrer Hufeland.								3 Schreiben.	3 Schreiben.	6
Zeichenlehrer Bollmann.						2 Zeichnen.		2 Zeichnen.	2 Zeichnen.	6

Von Mich. bis Weihn. ertheilte der 3. Oberlehrer Schulze (Ord. IIIa) 2 St. Deutsch in IIb, 10 St. Latein iu IIIa, 2 St. Deutsch und 6 St. Griech. in IIIb.

III. Verzeichniß der absolvirten Unterrichtspensa.

1. Prima. (Ordinarius: der Director.)

Religion 2 St. Im S.: Lectüre des Ev. Johannis im Grundtext. Im W.: Glaubenslehre Theil I und II nach Hollenbergs Leitfaden. Repetition einiger Partien der Kirchengeschichte. Armstroff. — Deutsch 3 St. Uebersicht der Litteraturgeschichte von Lessings Tode bis zu Göthes Tode. In Verbindung mit der Besprechung der Aufsätze und mit Disponir-Uebungen das Wichtigste aus der Logik und Psychologie. Uebungen im freien Vortrage und in der Deklamation. Lectüre: Göthes Iphigenie, Shakespeares Julius Cäsar, Schillers Braut von Messina, Shakespeares Coriolan. Bei der dramatischen Lectüre Besprechungen über den Bau des Dramas. Prosaische Aufsätze von Schiller; Lyrisches und Prosaisches aus Hopf und Paulsiek II, 2. Noeldechen. — Lateinisch 8 St. Im S. Repetition grammatischer Partien nach Bedürfniß, Stilistik und Extemporalien, Uebung im Lateinsprechen. Correcturen: alle 14 Tage ein Scriptum, jeden Monat ein Aufsatz. 3 St. Prosalectüre: Cic. de oratore I. 2 St. Dichterlectüre: Horaz Oden II. Buch. Leitung der Privatlectüre. Goßrau. Im W. Repetition einzelner grammatischer Partien, Stilistik, mündliches und schriftliches Uebersetzen, Uebung im Lateinsprechen im Anschluß an die Lectüre, Besprechung der Correcturen: alle 14 Tage ein Scriptum, 4 Aufsätze während des Winters. 3 St. Prosalectüre: Cic. pro Milone, privatim Cic. pro Ligario, pro Dejotaro, pro Sulla. 2 St. Dichterlectüre: Horaz Oden III. Buch. Anz. — Griechisch 6 St. Repetition der Syntax mit mündlichem Uebersetzen aus Haackes Materialien. Alle 14 Tage ein Exercitium oder Extemporale. Lectüre: im S. Hom. Il. XI. XII., Demosth. Olynth. I — III., im W. Soph. Ajax, Hom. Il. XVI, Plat. Meno. Privatlectüre: Hom. Il. 13 — 15. 17 — 24. Director. — Französisch 2 St. 1 St. Uebersetzen aus dem Deutschen ins Französische nach Süpfles Materialien, sowie Extemporalien. 1 St. Lectüre: Im S. Histoire de Théodose le Grand par Fléchier, im W. Athalie par Racine. Alle 14 Tage eine schriftliche Arbeit zur Correctur, abwechselnd häusliche und Klassenleistung. Kohl. — Mathematik 4 St. Im S. Rentenrechnung und Algebra. Im W. Combinationsrechnung und Algebra. Daneben Repetitionen aus allen Theilen des Frühern. Alle vier Wochen eine Arbeit zur Correctur. Bircker. — Physik 2 St. Mechanik und mathematische Geographie. Bircker. — Geschichte 3 St. Neuere Geschichte nach Herbsts Hülfsbuch. Repetition der römischen Geschichte. Director.

2. Ober-Secunda. (Ordinarius: im Sommer Prof. Goßrau, im Winter Oberl. Anz.)

Religion 2 St. Im S. Einleitung in das alte Testament, auf Lectüre gegründet. Im W. Kirchengeschichte der ersten 6 Jahrhunderte; Lectüre der Bergpredigt und einiger Parabeln des Herrn im Grundtext. Armstroff. — Deutsch 2 St. Kurze Uebersicht der Litteraturgeschichte bis zur Reformation mit Proben aus Hopf und Paulsiek II, 2. Poetik und Metrik im Anschluß an die Lectüre. Uebungen im Disponiren, im freien Vortrage und im Declamiren. Besprechung der corrigirten Aufsätze. Lectüre: Gudrun, Göthes Egmont, Schillers Wallenstein, Lyrisches und Prosaisches aus Hopf u. Paulsiek II, 2. Noeldechen. — Lateinisch 10 St. Im S. 1 St. Grammatik, 1 St. Metrik und Uebung im Versbau, 1 St. Extemporale, 1 St. Correctur, 2 St. Prosalectüre: Liv. XXIII. 2 St. loci memoriales, 2 St. Virg. Aen. XII. Alle 8 Tage ein Scriptum, im S. 2 Aufsätze; Leitung der Privatlectüre. Goßrau. Im W. 3 St. Prosalectüre: Cic. pro lege Manilia, in Catil. III, pro rege Dejotaro, privatim Sall. Catilina, Cic. in Catil. I. II. IV., Repetition der Grammatik, mündliches Uebersetzen (zum Theil aus Süpfle), wöchentlich ein Scriptum, 3 Aufsätze. 6 St. Anz. 2 St. Dichterlectüre: Virg. Aen. VI. VIII v. 168 — 500. Stephan. — Griechisch 6 St. Repetition der verba anomala und andrer Partien aus der Flexionslehre. Syntax des Artikels, Pronomina, Casus, das Hauptsächlichste aus der Lehre von den Modi mit mündlichem Uebersetzen aus Haackes Materialien. Herodot. IX im S., Lysias c. Agorat., de invalido, pro Mantith. 4 St. Director. 2 St. Homer Odyssee: im S. 13. 14, privatim 15 — 18, Stephan; im W. 19, 20, privatim 21 — 24. Anz. — Französisch 2 St. Repetition früherer grammatischer Pensa nach Plötz, besonders Lect. 70 — 75, dann Lect. 76 bis zu Ende. Alle 14 Tage eine Arbeit zur Correctur, abwechselnd Exercitium und Extemporale. Lectüre: Expédition de Crimée, par Bazancourt. Kohl. — Mathematik 4 St. Im S.: Algebra bis zu den Gleichungen des 2. Grades mit einer Unbekannten und die Lehre von den Reihen. Im W.: Trigonometrie. Alle 4 Wochen eine Arbeit zur Correctur. Bircker. — Physik 1 St. Lehre von den chemischen und magnetischen Eigenschaften der Körper. Bircker. — Geschichte 3 St. Römische Geschichte bis zur Schlacht bei Actium nach Herbsts Hülfsbuch. Repetition der Geographie von Amerika und Australien. 3 St. Director.

3. Unter-Secunda. (Ordinarius: Dr. Noeldechen.)

Religion 2 St. Combinirt mit IIa. — Deutsch 2 St. Besprechung der monatlich eingelieferten Aufsätze. Deklamiren. Lectüre des I. Theils des Nibelungenliedes, Göthes Hermann und Dorothea, Lessings Minna von Barnhelm und Schillers Maria Stuart. Bis Weihn. Schulze, bis Ostern Stephan. — Lateinisch 10 St. Im S. Sallust. Catilina,

Ciceros Briefe nach der Auswahl von Süpfle. Privatim Sallust. Bellum Iugurthinum. Im W. Cicero pro Roscio Amerino, pro Archia poeta; privatim Cicero Cato major. 3 St. Grammatik nach Goßraus Sprachlehre, mündliches Uebersetzen nach Süpfle Theil II. Memorirstoff aus Goßrau loci memoriales. 5 St. Wöchentlich ein Exercitium oder Extemporale. Ovid. Fasti mit Auswahl; Metrik in Verbindung mit Versübungen. 2 St. Noeldechen. — Griechisch 6 St. Grammatik. Gebrauch des Artikels, der Pronomina, Adjectiva, Präpositionen, Kasuslehre. Repetition der Formenlehre. Alle 14 Tage eine schriftliche Arbeit, abwechselnd Exerc. und Extemp. Lectüre: im S. Herodot l. VIII, im W. Xenoph. Cyrop. ausgewählte Stücke: l. I. c. 2—5. II c. 4, III c. 1. 3, VII c. 2, VIII c. 7. Hom. Od. im S. VII, VIII, IX, privatim X und XI, im W. I, II, IV, privatim XII und III. Ausgewählte Stücke aus Stolls Anthologie griechischer Lyriker Th. I. Noeldechen. — Französisch 2 St. 1 St. Grammatik nach Plötz: Repetition früherer Curse, neu durchgenommen Lection 58—69. Alle 14 Tage eine Arbeit zur Correctur, abwechselnd häusliche und Klassenarbeit. 1 St. Lectüre: Histoire de la première croisade par Michaud. Kohl. — Mathematik 4 St. Nach Matthias Leitfaden. Im S. Algebra. Die Gleichungen mit mehreren Unbekannten. Wurzelrechnung. Im W. Lehre von der Aehnlichkeit. Alle vier Wochen eine Arbeit zur Correctur. Bircker. — Physik 1 St. combinirt mit II a. Bircker. — Geschichte und Geographie 3 St. Griechische Geschichte. Uebersicht über die Entwickelung der asiatischen Reiche. In der Geographie Repetition über Europa und Asien. Noeldechen.

4. Ober-Tertia. (Ordinarius: bis Neuj. Schulze, dann Dr. Stephan.)

Religion 2 St. S.: Ausführliche Erklärung des III. Hauptstückes, kürzere des IV. und V. W.: Reformationsgeschichte bis zum Augsburger Religionsfrieden. Lectüre und Erklärung der Bergpredigt. Erlernung von Sprüchen und 6 Kirchenliedern. Stephan. — Deutsch: Besprechung und Recension der 3wöchentlichen Correcturarbeiten. Uebung im freien Vortrage u. im Deklamiren. Erklärende Lectüre von ausgewählten Stücken aus Hopf und Paulsiek II, 1. Düning. — Lateinisch 10 St. Grammatik nach Goßraus Elementargrammatik: Repetition der Verba mit unregelmäßigen Perf. und Sup. Die elementare Syntax, insbesondere Syntax der Tempora und Modi und oratio obliqua mit Uebersetzen aus Haackes Aufgaben 3. Th. Wöchentlich ein Exercitium oder Extemporale. Lectüre: Caesar B. Gall. V, VI, VII., Auswahl aus B. Civ. III. Ovid. Met. nach der Auswahl von Siebelis von Buch VII*) ab. Prosodische und metrische Uebungen. Bis Weihnachten Schulze. Von Weihnachten bis Ostern Grammatik Kohl, Caesar Looff, Ovid Aug. — Griechisch 6 St. Grammatik: Repetition der früheren Pensa. Erlernung der unregelmäßigen Verba; das Wichtigste aus der Casuslehre im Anschluß an die Lectüre nach Krügers kl. gr. Sprachlehre. Correctur der schriftlichen Arbeiten. Alle 14 Tage abwechselnd ein Exercitium und Extemporale. Lectüre: Xenoph. Anab. IV, V. Hom. Od. I, II. Memorirt Hom. Od. I. 1—95. Stephan. — Französisch 3 St. Grammatik nach Plötz Schulgrammatik Lection 29—57 mit Uebersetzen der Uebungsstücke und Erlernen der betreffenden Vokabeln. Gelesen: Voltaire Charles XII, IV und V. Alle 14 Tage ein Exercitium oder Extemporale. Düning. — Geschichte und Geographie 4 St. Repetition der deutschen Geschichte bis 1648. Brandenburgisch-preußische Geschichte bis zu den Freiheitskriegen nach Voigt. Geographie von Amerika und Australien nach Daniel. Looff. — Mathematik 3 St. nach Matthias. Im S. Wiederholung des Früheren. Potenzlehre, Ausziehen von Quadrat- und Kubikwurzeln. Im W. Lehre von der Gleichheit der ebenen Figuren und vom Kreise. Im S. 3, im W. 4 Arbeiten. Bircker.

5. Unter-Tertia. (Ordinarius: Dr. Kohl.)

Religion 2 St. Im S. Ausführliche Erklärung des II. Hauptstückes. Im W. Lectüre der Apostelgeschichte und des Philipperbriefes. Erlernung von Bibelsprüchen und Kirchenliedern. Im S. Armstroff, im W. Stephan. — Deutsch 2 St. Lectüre und Besprechung poetischer und prosaischer Abschnitte aus Hopf und Paulsiek II, 1. Erlernung und Vortrag von Gedichten. In je drei Wochen ein Aufsatz. Bis Weihnachten Schulze, dann Noeldechen. — Lateinisch 5 St. Grammatik: Repetition des gesammten Materials der Schulgrammatik mit besonderer Rücksicht auf die Lehre von den Conjunctionen, von der oratio obliqua und vom Gerundium und Gerundiv. Mündliches Uebersetzen aus dem Deutschen ins Lateinische nach Haackes Materialien für Quarta. Jede Woche eine schriftliche Arbeit zur Correctur, abwechselnd häusliche und Klassenarbeit. 3 St. Lectüre von Caesar. B. Gall. I. II. Kohl. — 2 St. Ovid. Met. I. II. nach der Ausgabe von Siebelis, nebst Einübung der prosodischen Regeln. Im S. Kälberlah, im W. Looff. — Griechisch 6 St. Wiederholung und Vervollständigung der Formenlehre, nach Krüger; Uebersetzungsübungen aus dem Deutschen ins Griechische nach Dihle; alle 14 Tage ein Exercitium oder Extemporale. 3 St. Bis Weihnachten Schulze, dann Director. Lectüre: Xenophon. Anab. I — III. 3 St., bis Weihnachten Schulze, dann Düning. — Französisch 3 St. Repetition der früheren Curse. Unregelmäßige Verba nach Plötz II. 1 — 28. Vokabellernen. Lectüre nach Lüdeckings Lesebuche. Alle 14

---

*) Lib. VII. VIII zum Theil, IX zum Theil, XII 580—620, XIII 1—539.

Tage ein Exercitium oder Extemporale zur Correctur. Looff. — Mathematik 3 St. nach Matthias. Im S. die Lehre von der Gleichheit und Wiederholung des Frühern. Im W. die vier Species mit allgemeinen Zahlen und die Gleichungen mit einer Unbekannten. Im S. 3 Arbeiten, im W. 4 Arbeiten zur Correctur. Bircker. — Geschichte und Geographie 4 St. Deutsche Geschichte bis zum Jahre 1648 nach Voigt. Mathematische und physische Geographie. Ausführlicher die Geographie von Asien und Afrika nach Daniel. Looff.

6. Quarta A. (Ordinarius: Kälberlah.)

Religion 2 St. Im S. Erklärung des 1. Hauptstückes. Im W. Lectüre des Matthäusevangeliums. Belehrung über das Kirchenjahr. Memorirt sind das 5. Hauptstück, Bibelsprüche, Kirchenlieder. Stephan. — Deutsch 2 St. Lectüre aus Hopf und Paulsiek I, 3. Der einfache und zusammengesetzte Satz. Alle 3 Wochen ein Aufsatz zur Correctur. Deklamirübungen. Wackermann. — Latein 10 St. Davon 4 St. Cornelius Nepos (Miltiades, Conon, Hamilcar, Hannibal, Themistocles, Aristides, Chabrias, Timotheus, Datames). 6 St. Grammatik nach Goßrau: Wiederholung des Pensums von Quinta: Syntax der Casus, Uebersetzung von „daß". Dazu Uebungen im Uebersetzen nach Haacke 2. Theil. Wöchentlich eine schriftliche Arbeit zur Correctur, abwechselnd Exercitium und Extemporale. Kälberlah. — Griechisch 6 St. Formenlehre bis zu den Verba auf $\mu\iota$ nach Krügers kleiner Sprachlehre. Uebersetzen aus dem Deutschen ins Griechische nach Dihles Materialien für Quarta und aus dem Griechischen ins Deutsche nach Jacobs. Alle 14 Tage eine schriftliche Arbeit, abwechselnd häusliche und Klassenarbeit. Bis Neujahr Kohl, dann 3 St. Kohl, 3 St. Kälberlah. — Französisch 2 St. Das regelmäßige Verbum, Lehre vom Pronom conjoint und absolu nach Plötz I 60 — 80. Kälberlah. — Geschichte und Geographie 3 St. Im S. griechische, im W. römische Geschichte bis zur Schlacht bei Actium. Geographie von Europa nach Daniel. Henkel. — Mathematik 3 St. Planimetrie bis zur Lehre von der Congruenz der Dreiecke nach Matthias. Buchstabenrechnung. Bürgerliches Rechnen. Wackermann. — Zeichnen 2 St. Bollmann.

7. Quarta B. (Ordinarius: Looff.)

Religion, Deutsch, Geschichte und Mathematik combinirt mit Quarta A. Getrennt in Latein (Looff) und Griechisch (Düning). Im Cornel. Nepos wurden gelesen: Miltiades, Themistocles, Aristides, Pausanias, Cimon, Lysander, Alcibiades, Thrasybulus, Conon, Hannibal. — Französisch war im S. combinirt mit Quarta A (Kälberlah), im W. getrennt (Henkel.)

8. Quinta. (Ordinarius: Dr. Düning.)

Religion 3 St. Biblische Geschichte des alten Testaments von der babylonischen Gefangenschaft ab und die des neuen Test. Memorirt wurden das 1., 2. und 3. Hauptstück, 6 Kirchenlieder, die Reihenfolge der biblischen Bücher. Stephan. — Deutsch 3 St. Lehre vom einfachen Satz und von der Interpunktion; Lese- und Deklamirübungen nach Hopf und Paulsiek I, 2. Alle 14 Tage ein Diktat oder Aufsatz, letztere in Nacherzählungen bestehend. Kälberlah. — Latein 9 St. Lehre vom Gebrauch der Casus, des Acc. c. inf. und der abl. absol. nach Goßraus Elementargrammatik. Mündliches Uebersetzen nach Tell und Haacke. Wöchentlich ein Exercitium, abwechselnd häusliche und Klassenarbeit. Düning. — Französisch 3 St. Grammatik, Lese- und Uebersetzungsübungen nach Plötz (Elementarbuch) 1 — 60. Alle 14 Tage eine schriftliche Arbeit, abwechselnd Exercitium oder Extemporale zur Correctur. Im S. Henkel, im W. Kälberlah. — Geographie 3 St. Deutschland nach Daniels Leitfaden. Kälberlah. — Rechnen 4 St. Einfache und zusammengesetzte Regel de tri, Zins-, Rabatt- und Gesellschaftsrechnung nach Böhme. Wackermann. — Zeichnen 2 St. Bollmann. — Schreiben 3 St. Hufeland.

9. Sexta. (Ordinarius: Henkel.)

Religion 3 St. Bibl. Geschichte des A. T. bis zu den Königen nach Zahn. Das erste Hauptstück und 12 Kirchenlieder sind gelernt. Wackermann. — Deutsch 3 St. Lehre vom einfachen Satz; Lese- und Declamationsübungen aus Hopf und Paulsiek I, 1. Alle 14 Tage ein Dictat; mitunter kleine schriftl. Nacherzählungen. Henkel. — Latein 9 St. Regelmäßige Formenlehre nach Goßraus Elementargrammatik. Verba anomala und defectiva. Uebersetzen und Vocabellernen aus Spieß I. Jede Woche ein Exercitium oder Extemporale. Henkel. — Geographie 3 St. Allgemeine Einleitung; die 5 Erdtheile nach Daniels Leitfaden. Henkel. — Rechnen 4 St. Bruchrechnung incl. der Decimalbrüche nach Böhme. Wackermann. — Zeichnen 2 St. Anfangsgründe; grade und runde Linien. Einfache Conturvorlagen, auch Landschaften. Bollmann. — Schreiben 3 St. Uebung der deutschen und lateinischen Schrift. Hufeland.

Außerdem ist Unterricht ertheilt:

a) im Hebräischen. 1. In Prima. 2 St. Grammatik nach Gesenius. Lectüre ausgewählter Psalmen und einiger Abschnitte aus Genesis und Exodus. Uebersetzungen ins Hebräische. Armstroff. — 2. In der combinirten Secunda i. S. 1, i. W. 2 St. Grammatik nach Gesenius. Lectüre aus Gesenius Lesebuche. Exercitien. Armstroff.

b) im Singen. 1 St. Baß und Tenor I — IV. 1 St. gemischter Chor. 2 St. Sopran und Alt aus III — VI. 1 St. in V, 1 St. in VI. Wackermann.

c) im Turnen. Im S. zweimal je 2 St. auf dem Turnplatze mit dem ganzen Cötus, im W. in einem beschränkten Locale zweimal je 1 St. mit ausgewählten Schülern. Noeldechen.

IV. Themen zu den deutschen und lateinischen Aufsätzen.

Prima.

A. Im Deutschen: 1. a) Welche Entwickelungsstufen lassen sich im Seelenleben Kriemhildens beobachten? b) Euch, ihr Götter, gehört der Kaufmann, Güter zu suchen Geht er, doch an sein Schiff knüpfet das Gute sich an. 2. a) Wie und warum hat Göthe die der Iphigenie zu Grunde liegende Fabel umgestaltet? b) Charakteristik des Orest. c) Ch. der Iphigenie. d) Ch. des Pylades. 3) Wem wohl das Glück die schönste Palme beut? Wer freudig thut, sich des Gethanen freut. (Klassenarbeit.) 4) Warum mußte sich Cäsars Ermordung an Brutus rächen? 5) Worin besteht die culturhistorische Bedeutung des Ackerbaus? 6) Das Leben ist der Güter höchstes nicht. 7. a) Wirke Gutes, Du nährst der Menschheit göttliche Pflanze. Bilde Schönes, Du streust Keime der göttlichen aus. b) Welche nachtheiligen Folgen kann die Einsamkeit haben? (Klassenarbeit.) 8) Coriolan und das Volk in der Geschichte und bei Shakespeare.

B. Im Lateinischen: 1. a) Oratio pro Archia quibus causis factum esse videtur ut prae aliis Ciceronis orationibus maxime legeretur ac laudaretur. b) Germani quomodo facti sunt Romani imperii extinctores? 2. a) Fortuna nil eripit, nisi quod et dedit. b) Bellum Peloponnesiacum quid nocuerit (— quid profuerit —) Spartanis. 3. a) Quas potissimum virtutes Romanis Horatius commendat? b) Quibus argumentis Cicero docet hominum animos esse immortales? c) Quomodo factum sit, ut Athenienses bello Peloponnesiaco victi sint. 4) Quae gravissimae sententiae in Horatii tribus prioribus carminibus libri tertii sunt? 5) Quibus potissimum viris Graecorum de Persis stetit victoria? 6. a) T. Munatius Plancus, tribunus plebis, contra Milonem contionatur. b) Quibus de causis iterum ac saepius in Odyssea Agamemnonis exitum miserabilem ante oculos poëta proposuerit. 7. a) Alexander Magnus quantum ad gloriam adjumentum fortunae ac temporum beneficio acceperit, ostenditur. b) Timorem externum maximum esse concordiae vinculum comprobatur (Classenarbeit). 8. a) Goethius quo jure dixerit juventutem esse ebrietatem vini expertem, exponitur. b) Quid illa de Icaro fabula nos doceat. — 1 — 4 Goßrau, 5 — 8 Anz.

Ober-Secunda.

A. Im Deutschen: 1) Wie benutzt Göthe die Volksscenen des Egmont zur Schilderung der Zustände in den Niederlanden? 2. a) Welche Züge deutschen Heldenlebens treten uns entgegen in der Aventiure des Nibelungenliedes: wie Hagne und Volkér der schiltwaht phlägen? b) Volker im zweiten Theil des Nibelungenliedes. 3) Ueber den Spruch aus Rückerts Weisheit des Brahmanen: Wer mit Erholung recht weiß Arbeit auszugleichen, Mag ohn' Ermüdung wohl ein schönes Ziel erreichen u. s. w. (Klassenarbeit.) 4) Zustände in Ithaka kurz vor Odysseus' Ankunft. 5) Der erste Jäger in Wallensteins Lager. 6) Vergleichung der Reden Cäsars und Catos in Sallusts catilinarischer Verschwörung cap. 51 und 52. 7) Mein Landhaus (Klassenarbeit). 8) Charakteristik Buttlers in Schillers Wallenstein.

B. Im Lateinischen: Ex oratione pro Archia poëta dictum aliquod, quod tibi maxime probatur, ostende, cur probes. 2) De pugna Plataeensi. 3. a) Aeneidis liber duodecimus enarratur. b) Enarratur, qui factum sit, ut sua temeritate comites Ulixis ad unum omnes perirent (Hom. Od. XII, 260 — 419). 4) Quibus rebus fretus in ipsam Italiam Hannibal bellum intulit? 5) Lucullus certior factus imperium belli Mithridatici ad Pompejum esse delatum iniquitatem et temeritatem populi Romani apud amicos conqueritur. 1 und 2 Goßrau, 3 — 5 Anz.

Unter-Secunda.

Im Deutschen: 1) Die Vögel unserer Heimath. 2) Der Wirth zum goldenen Löwen in Göthes Herm. u. Dorothea. 3) (Klassenarbeit) Die Gefahren des Reichthums. 4) Der Quarmbach und sein Gebiet. 5) Dankbarkeit ist eine schöne Tugend, zieret das Alter wie die Jugend. Wen man undankbar nennen kann, dem hängen alle Laster an. 6) Unsere Feldmark. 7) Schilderung Justs in Lessings Minna v. Barnhelm. 7. a) Warum und wie ward Siegfried erschlagen. b) Im Glück halt ein, im Leid halt aus. 8) (Klassenaufsatz) Angabe des Inhalts von Aventiure IV oder VII des Nibelungenliedes.

Ober-Tertia.

Im Deutschen: 1) Fischerleben. Nach dem Fischerliede von Salis-Seewis. 2) Darstellung des Inhalts des Schiller'schen Gedichtes: Der Graf von Habsburg. 3) (Klassenarbeit) Was müssen wir höher schätzen, Gesundheit oder Reichthum? 4) Aussicht von der Altenburg. 5) Arion (von Schlegel). 6) (Klassenarbeit) Der Herbst, eine Schilderung. 7. a) Försterleben. b) Der Sturm, eine Schilderung. 8) Der Lord von Edenhall. Charakteristik nach L. Uhland. 9) (Klassenarbeit) Die Vorzüge des Winters vor dem Sommer. 10) Maximilian, der letzte Ritter. (Nach Anast. Grün.) 11) Die Eiche, ein Symbol. 12) (Klassenarbeit) Charakteristik des Taillefer nach Uhland.

V. Aufgaben zu den Abiturienten-Arbeiten.

a) Zu Mich. 1874. Im Deutschen: Wer mit dem Leben spielt,
Kommt nicht zurecht:
Wer sich nicht selbst befiehlt,
Bleibt immer ein Knecht.

Im Lateinischen: Respublica Romana quibus virtutibus effloruerit, quibus conciderit vitiis.

In der Mathematik: 1) $x + y = xy$
$$x^2 + y^2 + x + y = m.$$

2) Wie groß ist der Baarwerth einer Rente, die jährlich mit 1700 Thlr. 20 mal zu beziehen ist, wenn $4\frac{1}{2}\,\%$ in Anrechnung kommen?

3) Ein Dreieck zu construiren, wenn gegeben ist die Höhe h_c, die Transversale nach der Mitte der Basis t_c und der Radius des äußeren Berührungskreises der Basis ϱ_c.

4) Es soll die Entfernung des Punktes A von B gefunden werden. Man kann weder zu dem einen noch zu dem anderen gelangen; aber man hat die Standlinie CD = 750' in derselben Horizontalebene gemessen und die Winkel ACB = 108° 10' 30", BCD = 36° 10' 50", ADC = 34° 54' 40" und BDA = 104° 9' 10".

b) Zu Ostern 1875. Im Deutschen: Wie ist es zu erklären, daß unter den Helden der Ilias Hektor unsere besondere Theilnahme gewinnt?

Im Lateinischen: Atheniensium quae virtutes et quae vitia bello Peloponnesiaco eluxerint.

In der Mathematik: 1) Eine städtische Anleihe von 120,000 Thalern soll in 15 Jahren amortisirt werden durch eine jährlich zu zahlende Rate. Wie groß wird dieselbe sein müssen bei einer Berechnung von $4\frac{1}{2}$ Procent?

2) Von einem Dreiecke ist eine Seite (c) gegeben, die Halbirungslinie des Gegenwinkels (w_c) und die Summe der beiden andern Dreiecksseiten $(a + b)$; es soll das Dreieck construirt werden.

3) Von einem Dreieck ist gegeben der Radius des eingeschriebenen Kreises $\varrho = 8^m$, der Radius des äußeren Berührungskreises der Basis $\varrho_c = 39^m$ und die Differenz der Basiswinkel $\alpha - \beta = 25°$ 17' 40". Wie groß ist die Halbirungslinie des dritten Winkels w_c?

4) Wie groß ist der Radius einer Kugel, von welcher ein Abschnitt mit der Höhe $3{,}5^m$ so groß ist wie ein gerader Kegelstumpf, dessen Grundkreise Radien von 8^m und 5^m haben, dessen Seite gegen die Basis eine Neigung von 74° 27' 20" hat?

B. Mittheilungen aus den Verfügungen der vorgesetzten Königl. Behörden.

1. Am 8. März theilt das Königl. Provinzial-Schulcollegium zu Magdeburg mit Ministerial-Verfügung vom 24. Februar ein Ergänzungs-Programm für die Ausstellung des Vereins für Zeichenunterricht mit.

2. Am 28. März: Nach Min.-Verf. vom 7. Januar ist bei der Aufnahme von Schülern, welche das 12. Lebensjahr überschritten haben, der Nachweis der Revaccination zu fordern.

3. Am 18. Mai: Nach einem Rescripte des Herrn Finanzministers Exc. vom 18. März ist von denen, die als Supernumerare bei der Verwaltung der indirecten Steuern eintreten wollen, fernerhin nur das Zeugniß der Reife für I erforderlich: tüchtige Supernumerare können schon nach dem 2. Jahre zur Prüfung zugelassen werden und schon vor Ablauf der Probezeit Diäten u. a. Unterstützungen erhalten.

4. Am 3. Juni: Die Remuneration des Schreiblehrers Hufeland ist vom 1. Jan. k. J. ab auf 100 Thlr. erhöht.

5. Am 17. Juni: Das Gehalt des Musikdirector Wackermann wird vom 1. Jan. c. auf 700 Thlr. erhöht.

6. Am 24. Juni: Nach einer in Abschrift mitgetheilten Min.=Verf. vom 11. Juni finden in Zukunft die Maturitäts=Zeugnisse aller deutschen Gymnasien in den verschiedenen Staaten gegenseitige Anerkennung. In einer Beilage werden Normen für die Ausstellung der Zeugnisse gegeben.

7. Am 3. September: Mittheilung eines Allerhöchsten Erlasses vom 1. August c. über das Verfahren bei Ermittlung von Militair=Anwärtern für vacante Stellen bei Staats= und Communal=Behörden der Provinzen Pommern und Brandenburg.

8. Am 12. September: Auf Grund einer an die Seminar=Directoren gerichteten, in Abschrift mitgetheilten Min.=Verf. vom 10. August c. wird verfügt, daß bei unvermeidlichen Etats=Ueberschreitungen noch vor dem Final=Abschlusse nach Vernehmen mit dem Rendanten der Gymnasialkasse motivirte Anträge zu stellen und jährlich vor dem 1. November eine Uebersicht des Standes der Kasse einzureichen ist.

9. Am 18. September: Durch Min.=Verf. vom 11. September sind dem Antrage des Directors entsprechend 50 Thlr. zur Anschaffung von Wandkarten bewilligt.

10. Am 19. September: Dem Director wird Vollmacht zum Abschluß des Rezesses in der Ablösungs=Sache wegen des bisher von der Kämmerei der Stadt Quedlinburg aus der Stadtforst an das Königl. Gymnasium gelieferten Deputatholzes übersandt. (Für das jährliche zu liefernde Quantum von 43½ Klaftern Holz und 39 Schock Wasen erhält das Gymnasium am 1. Juli k. J. ein Ablösungs=Capital von 7043 Thlr. 22 Sgr. 6 Pf.)

11. Am 2. October: Dem Director ist vom 1. October c. ab eine jährliche Zulage von 50 Thlr. gewährt.

12. Am 7. November: Mittheilung einer Min.=Verf. vom 29. October. Früheren Schülern eines Gymnasiums oder einer Realschule I. O. kann die Darlegung der Reife für die Prima bei der Portepeefähndrichs=Prüfung nur gestattet werden nach Ablauf derjenigen Frist, welche auf der Schule zu diesem Zwecke gebraucht wird. Ausnahmen sind nur in besonderen Fällen zu machen.

13. Am 14. November: Instruction behufs Ausführung des Reichs=Impfgesetzes vom 8. April c. nebst 6 Formularen wird übersandt.

14. Am 3. December: Dem Musikdirector Wackermann ist vom 1. Jan. 1873 ab der Wohnungsgeldzuschuß von 120 Thlr. bewilligt.

15. Am 15. December: Durch Min.=Verf. vom 9. December ist genehmigt, daß aus den Mitteln der Anstalt ein außerordentlicher Zuschuß von 150 Thlr. zur Vermehrung der Gymnasial=Bibliothek für 1874 und 100 Thlr. für eine neue Katalogisirung der in der Gymnasial=Bibliothek vereinigten Bücher=Sammlungen verausgabt werden.

16. Am 7. December: Mittheilung einer Min.=Verf. vom 20. November: Ueber die in den Gymnasial=Bibliotheken vorhandenen alten Drucke aus dem 15. — 17. Jahrhundert so wie über die Handschriften ist im Programme oder in einer Zeitschrift geeignete Mittheilung zu machen. — Es ist zunächst kurz zu berichten, ob solche Drucke und Handschriften hier vorhanden und ob darüber bereits eine Publication erfolgt ist.

17. Am 11. Februar 1875: Im Anschluß an die Verfügung vom 2. Mai 1867 über die Schulstrafen und in Uebereinstimmung mit den Resolutionen der zu Pfingsten v. J. zu Magdeburg abgehaltenen Conferenz der Directoren der Gymnasien und der Realschulen I. O. der Provinz Sachsen wird verfügt: 1) Die Schulgesetze sind den Eltern der neu aufzunehmenden Schüler einzuhändigen, damit jene über die Anforderungen, welche die Schule an das Verhalten ihrer Schüler stellt, sich unterrichten können, und von denselben zu unterschreiben. 2) Hinsichtlich der auswärtigen Schüler hat sich die Schule für die Wahl und den Wechsel der Wohnung ihre Einwilligung vorzubehalten und bei ungeeigneten Wahlen dieselbe zu verweigern, das tägliche Leben der Schüler durch eine vorgeschriebene Ordnung der Zeiteintheilung zu regeln, und die Ausführung dieser Vorschrift so wie das häusliche Leben jener Schüler durch geeignete und geordnete Beaufsichtigung seitens der Lehrer zu überwachen. 3) In Betreff des Betragens der Schüler — einheimischer wie auswärtiger — außerhalb der Schule, so weit es an die Oeffentlichkeit tritt, ist zu fordern, daß alles vermieden werde, was den Schüler zur Selbstüberhebung veranlaßt und seine Sittlichkeit in Gefahr bringt: näher sind verboten auffallende Tracht, Wirthshausbesuch, Schülervereine oder Verbindungen, von denen der Director keine Kenntniß hat.

18. Am 18. Februar: Gemäß einer Min.=Verf. vom 2. Februar c. sollen auf Ansuchen des Vorstandes der deutschen anthropologischen Gesellschaft zum Zweck einer genauen ethnologischen Erforschung der gegenwärtigen Bevölkerung Deutschlands einmalige Erhebungen über die Farbe der Augen, der Haare und der Haut der Schüler veranstaltet und die Resultate nach einem beigefügten Schema verzeichnet werden.

C. Chronik des Gymnasiums.

Die Hoffnung, daß die Schule nach mehrfachen schmerzlichen Verlusten aus der Mitte des Lehrercollegiums sich nunmehr des ungestörten Zusammenwirkens der früheren und der neu eingetretenen Lehrkräfte zu erfreuen haben würde, wurde lei=

der getäuscht. Der zweite Oberlehrer Prof. Dr. Dittenberger wurde zu Ostern in eine ordentliche Professur der klassischen Philologie an der Universität zu Halle, der zweite ordentliche Lehrer Pred. Liebusch zum Director des Königl. Lehrer=Seminars zu Schlüchtern berufen. Von der vielseitigen und gründlichen Gelehrsamkeit, von der klaren Präcision des Unterrichts wie von der pädagogischen Tüchtigkeit und dem lebendigen Eifer des Prof. Dittenberger ist es der Anstalt nur ein Seme=mester hindurch vergönnt gewesen die Frucht zu genießen; aber eben diese Eigenschaften des Lehrers wie die Gediegenheit seiner ernsten und liebenswürdigen Persönlichkeit, die ihm gar bald die Achtung der Collegen und der Schüler gewann, ließen sein baldiges Scheiden von der Anstalt doppelt schmerzlich bedauern. Pred. Liebusch hat der Schule seit Mich. 1862 angehört und durch den Eifer und die Hingabe an seinen Beruf, namentlich durch den von mannichfacher Kenntniß und lebendiger Erkennt=niß und Wärme getragenen Religionsunterricht sich den gerechtesten Anspruch auf den Dank der Schule erworben. Möge bei=den ehemaligen Amtsgenossen in den gegenwärtigen Aemtern, zu denen sie das ehrende Vertrauen der höchsten Behörden beru=fen hat, in reichstem Segen zu wirken beschieden sein!

Durch Verfügung des Königl. Provinzial=Schulcollegiums zu Magdeburg vom 30. März v. J. wurde der 1. ordent=liche Lehrer Schulze in die dritte Oberlehrerstelle befördert, die ordentlichen Lehrer Bircker, Dr. Noeldechen und Dr. Kohl rückten in die 1., 2. und 3. ordentliche Lehrerstelle auf, den Hilfslehrern Looff und Dr. Düning wurde die 4. und 5. or=dentliche Lehrerstelle verliehen. Die Hilfslehrerstellen erhielten provisorisch der bisher hier zur Aushilfe beschäftigte Cand. Henkel und der zur Absolvirung seines Probejahrs hier eintretende Cand. Dr. Stephan. Da nun noch die zweite und die vierte Ober=lehrerstelle unbesetzt blieb, so wurde es nothwendig noch andere Lehrkräfte rasch zu gewinnen. Mit lebhaftestem Danke ist es anzuerkennen, daß der Diakonus an der hiesigen Schloßkirche Armstroff sich bereit erklärte den Religions=Unterricht in Prima, Secunda und Unter=Tertia zu übernehmen. Außerdem blieb Cand. Kälberlah, der so eben sein Probejahr ab=solvirt hatte, zur Aushilfe hier. In die zweite Oberlehrerstelle wurde durch Verfügung Sr. Exc. des Herrn Ministers vom 20. Mai, mitgetheilt durch Verfügung des Königl. Provinzial=Schulcollegiums zu Magdeburg vom 16. Juni, der 2. Ober=lehrer am Gymnasium zu Seehausen Hynitzsch, in die vierte Oberlehrerstelle der Gymnasial=Oberlehrer Anz *) vom Gym=nasium zu Heidelberg berufen. Letzterer trat zu Mich. sein Amt an: ersterer wird aus seinem gegenwärtigen Amte erst zu Ostern c. entlassen. In Folge dessen haben Diak. Armstroff und Cand. Kälberlah auch während des Winter=Semesters ihre Wirksamkeit beibehalten. Dies war um so nothwendiger, da am Tage vor Beginn des Winter=Semesters Prof. Goßrau auf den dringenden Rath seines Arztes wegen Verschlimmerung seines Augenübels sich genöthigt sah seine Thätigkeit ganz ein=zustellen; der für ihn erbetene Urlaub für die Dauer des Winter=Semesters wurde in wohlwollendster Weise von der hohen vorgesetzten Behörde bewilligt. Seine Stunden mußten deshalb unter die übrigen Lehrer vertheilt werden. Eine neue Vertre=tung ward von Neuj. ab nothwendig, da Oberl. Schulze wegen eines hartnäckigen Fußübels zunächst auf vier Wochen den Unterricht aufgeben und nach deren Ablauf um Verlängerung der Vertretung nachsuchen mußte. In Folge dieser mehrfachen Vacanzen und Vertretungen ist es nöthig geworden auch im Laufe des Schuljahres wiederholt Verschiebungen in der Lections=vertheilung und theilweise Spaltungen des Unterrichts in demselben Fache vorzunehmen, die allerdings nicht ohne erhöhte An=forderungen an die Kraft der Lehrer und auch nicht ohne gewisse Störungen im Unterrichte haben bleiben können. Möge das neue Schuljahr der Thätigkeit der Schule günstiger sein und insbesondere nach den Schwankungen der letzten Jahre nun ein vollbesetztes Lehrercollegium ungehemmt überall sich einer stetigen Thätigkeit zum Heile der Anstalt erfreuen dürfen!

Außer den angeführten längeren Vertretungen sind noch andere nothwendig geworden, meist durch Krankheit. Der Director war zu vertreten vom 28. — 30. Mai wegen Theilnahme an den zu Magdeburg stattfindenden Directoren=Conferenzen und vom 22. Juni — 4. Juli wegen einer erforderlich gewordenen Badereise, am 12. 14. und 17. December wegen eines To=desfalls: Prof. Goßrau am 6. und 8. Juni wegen Krankheit, vom 3. bis 15. August wegen einer Badecur: OL. Bircker am 15. Mai, 7. und 8. August, 13. October, 11. — 13. Febr. und am 2. März wegen Krankheit, am 24. November und vom 18. — 22. December wegen Reisen: Dr. Noeldechen vom 11. — 13. Mai und vom 28. — 31. October wegen Krankheit, am 15. 16. 18. Jan. wegen Todesfalls, Dr. Düning vom 15. — 28. Febr. und vom 3. — 6. März wegen Krankheit, Hilfs=lehrer Henkel vom 3. — 6. Februar wegen Krankheit, Musikdir. Wackermann am 17. Oct., am 8. 10. 11., 26. — 28. No=vember und am 3. 4. März wegen Krankheit, Cand. Kälberlah am 21. und 22. Sept. wegen einer Reise, Zeichenlehrer Boll=mann am 18. und 19. Febr., Schreiblehrer Hufeland vom 29. Oct. — 6. Nov. wegen Krankheit.

Sonstige Ereignisse. Am 13. April begann das neue Schuljahr. — Vom 23. — 27. Mai incl. Pfingstferien. — Am 12. Juni unternahmen die Schüler sämmtlicher Klassen unter Führung des Turnlehrers Dr. Noeldechen eine Turnfahrt nach Ballenstedt und in das Selkethal. — Am 2. Juli versammelten sich Lehrer und Schüler der Anstalt morgens 9 Uhr in der Aula, um den 150jährigen Geburtstag Klopstocks festlich zu begehen. Nach Aufführung einiger Stücke der zur 100jähri-

---

*) Heinrich Anz, geboren zu Marienwerder am 26. November 1843, vorgebildet auf dem Königl. Gymnasium zu Eisleben, studirte in Halle Philologie. Von Ostern 1866 bis Ostern 1867 war er als Hülfslehrer am Kloster U. L. Fr. in Magdeburg, dann als ordentlicher Lehrer von Ostern 1867 bis Ostern 1868 am Königl. Pädagogium zu Halle und von Ostern 1868 bis Mich. 1873 am Fürstl. Gymnasium in Rudolstadt, von Mich. 1873 bis Mich. 1874 als Professor am Großherzogl. Gymnasium zu Heidelberg thätig.

gen Geburtstagsfeier Klopstocks am 2. Juli von dem noch jetzt lebenden ehemaligen Landrathe des Kreises, Geh. Regierungs-
rath Weyhe gedichteten und von F. Liebau componirten Cantate durch den Schülerchor hielt Dr. Noeldechen die Festrede,
in welcher er unter Vorausschickung eines kurzen Lebensabrisses die Bedeutung des Dichters und seine Stellung in der deutschen
Litteratur nachwies. Nach der Schulfeier begaben sich die Schüler unter Leitung der Lehrer nach dem Schloßplatze, um dort
der feierlichen Enthüllung der Gedenktafel an des Dichters Hause beizuwohnen. Gesang und Reden hoben auch hier zu festlicher
Stimmung, und unter der Rede des Vertreters des hiesigen Klopstockvereins Kaufm. Wolff fiel die Hülle von der glänzenden
Marmortafel, mit welcher der genannte Verein die Geburtsstätte des Dichters geschmückt hat. — Vom 6. Juli bis 3. Aug. excl.
Sommerferien. — In der Woche vom 24. — 29. August schriftliches Abiturienten-Examen mit zwei Abiturienten. Beiden
wurde in der am 18. September unter Vorsitz des stellvertretenden Commissars, des Königl. Landraths Herrn Stielow abge-
haltenen mündlichen Prüfung das Zeugniß der Reife zuerkannt: der eine, Gustav Haugk aus Quedlinburg, widmet sich dem
Postfache, der andere, Karl Wendenburg aus Neudorf, dem Baufache. — Am 16. September feierten die Lehrer mit ihren
Angehörigen und die confirmirten Schüler der Anstalt gemeinsam das Heil. Abendmahl in der Kirche St. Benedicti. Die
Beichtrede hielt der derzeitige interimistische Religionslehrer Diak. Armstroff. — Am 24. September hatten wir die Freude
Herrn General-Superintendent D. Möller aus Magdeburg behufs einer Revision des Religions-Unterrichtes bei uns zu sehen. Der hochwürdige Herr wohnte dem Religions-Unterrichte in allen Klassen bei, prüfte auch selbst und richtete dann an
die Schüler der einzelnen Klassen weihevolle Worte des Segens. Mögen diese überall auf empfänglichen Boden gefallen sein
und reiche Frucht bringen! — Am 26. September wurde das Sommer-Semester mit Entlassung der beiden Abiturienten, Be-
kanntmachung der Versetzung und Austheilung der Censuren geschlossen. — Vom 26. September bis 11. October incl. Herbstfe-
rien. — Vom 14. December Mittags bis 16. December Mittags mußte auf polizeiliche Weisung nach Requisition des hiesigen
Königl. Kreisphysikats die Schule geschlossen bleiben, weil die Frau des Berichterstatters am Typhus gestorben war. — Vom
23. December bis 3. Januar incl. Weihnachtsferien. — Am 27. Januar wurde Sophokles Antigone nach der Donnerschen
Uebersetzung mit der Musik von Mendelssohn unter Leitung des Musikdirector Wackermann von den Schülern unter Instru-
mentalbegleitung in der Aula aufgeführt. Der Ueberschuß der Einnahmen von dem erhobenen Eintrittsgelde soll gleich dem
vorjährigen zur Ansammlung eines Stipendienfonds für unbemittelte Schüler unsres Gymnasiums verwendet werden, bei sonst
gleichen Bedingungen namentlich für solche, welche in der Musik etwas leisten. Eine ansehnliche Zahl von Freunden der Anstalt hat die Güte gehabt im Hinblick auf diesen Zweck der Aufführung zum Theil sehr ansehnliche Beträge zu spenden: Herr
Amtmann Bäntsch gab 25 Thlr., Frau Justizrath Nordmann, Herr Buchhändler A. Ernst und Herr Kaufmann G. Lindenbein je 15 Thlr., Herr Dr. Aßmann, Herr Rentier W. A. Kramer, Herr Amtmann A. Lindenbein, Herr Stadt-
rath Rudloff, Herr Kaufmann Schacht sen. je 10 Thlr., Herr Kaufmann Wrede 6 Thlr., Frau Prof. Ihlefeld, Herr
Fabrikant C. Grünhagen, Herr Buchhändler Huch, Herr Fabrikant H. Kramer, Herr Amtmann Klewitz, die Herrn
Gebr. Mette, Herr Banquier H. Vogler je 5 Thlr., Herr Bürgermeister Weydemann 3 Thlr., und so flossen auch von
anderen Seiten die in rühmlicher Liberalität erhöhten Beiträge so reichlich, daß wir uns den verehrten Wohlthätern zum wärmsten Danke verpflichtet fühlen: es ist eine angenehme Pflicht des Berichterstatters diesem Danke hier öffentlich Ausdruck zu geben.
Die Summa der Einnahme belief sich auf 303 Thlr. 25 Sgr.; nach Abzug der Ausgabe im Gesammt-Betrage von 87 Thlr.
14 Sgr. verblieb ein Ueberschuß von 216 Thlr. 11 Sgr. Dieser ist in zinstragenden Papieren zum Nominalwerthe von 200
Thlr. angelegt, der übrig bleibende kleine Betrag ist in der hiesigen Sparkasse belegt. — In der Woche vom 1. — 6. Febr.
fand das schriftliche Abiturienten-Examen mit sechs Abiturienten statt: ein Abiturient, welcher wegen Krankheit nicht von vorn
herein gleich an der Prüfung hatte Theil nehmen können, schrieb nachträglich am 8. und 11. Febr. Das mündliche Examen
fand unter Vorsitz des Herrn Provinzial-Schulrath Dr. Todt am 24. Februar statt. Von den sechs Abiturienten wurden
Rohden und Jacobi von der mündlichen Prüfung dispensirt: den übrigen vier wurde gleichfalls das Zeugniß der Reife zu-
gesprochen. Von der Maturi wird Gustav Rohden aus Gr. Oschersleben Philologie, Friedrich Jacobi von hier das Bau-
fach, Friedrich Wackermann von hier Theologie, Max Fessel aus Cöthen Medicin, Eduard Kuz aus Hadmersleben Juris-
prudenz, Wilhelm Schrader von hier Medicin studiren. — Am Tage vor dem Examen wohnte Herr Provinzial-Schulrath
Dr. Todt dem Unterrichte in mehreren Klassen bei.

An Beneficien wurden verliehen:

1. Aus dem Jacobischen Stipendium	135 M.	— Pf.
2. Aus dem Kranzschen Stipendium	134 „	25 „
3. Aus dem Volkschen Schüler-Stipendium	120 „	38 „
4. Aus 4 Klosterbergeschen Stipendien	570 „	— „
5. Aus der Ihlefeldstiftung	300 „	— „
6. An Schulgelderlaß	1789 „	— „
7. An Schulgelderlaß der Currendaner	372 „	— „

8. An Schulgeld für Currendaner aus der Currende-Kasse   . . .   270 M. — Pf.
9. An Gratificationen an die Currendaner   . . . .   183 „ — „

Summa: 3873 M. 63 Pf.

D. Statistische Nachrichten.

Die Gesammt-Frequenz des Gymnasiums belief sich am Ende des Schuljahres 1873 — 1874 auf 226: neu aufgenommen sind im Laufe des Schuljahres 52 Schüler: gegenwärtig besuchen die Schule 261 Schüler.

Abgegangen sind im Laufe des Schuljahres: aus I Schwarzenberg; aus IIa Wolff; aus IIb Funke; aus IIIa Dietrich, Hasenhauer, Siedersleben, Wallmann; aus IIIb Bogenhardt, Müller; aus V Hoffmann, Hosang (entfernt), Jahn, Rinckleben; aus VI Johannes.

E. Stand des Lehrapparats.

I. Die Lehrer-Bibliothek ist vermehrt durch folgende Geschenke. 1. Von dem Königl. Ministerium der Geistlichen Angelegenheiten: Phil. Melanchthonis Epistolae Iudicia cet. ed. H. E. Bindseil (Suppl. zum Corp. Reform.). Corpus Reformatorum vol. 40. Zeitschrift für Numismatik her. v. A. v. Sallet I, 4. II, 1. 2. Klempin Diplomat. Beiträge zur Geschichte Pommerns aus der Zeit Bogislaf X. Die Programme der nicht preußischen deutschen und der österreichischen deutschen Gymnasien u. s. w. — 2. Durch das Königl. Provinzial-Schulcollegium zu Magdeburg: Die Programme der preußischen Universitäten und höheren Lehranstalten. — 3. Von Herrn Geh.-Rath Prof. Dr. Bonitz, Director des Berlinischen Gymnasium zum grauen Kloster, die Festschrift des dortigen Lehrercollegiums zur dritten Säcularfeier der Schule. — 4. Von Herrn Prof. Dr. Giebel zu Halle Dessen Insecta Epizoa die auf Säugethieren und Pflanzen schmarotzenden Insecten, Desselben Zeitschrift für die gesammten Naturwissenschaften Bd. 44, Bronn's Klassen und Ordnungen des Thierreichs wissenschaftlich dargestellt in Wort und Bild VI. Bd. 5. Abth. 1. — 5. Lief., ferner Abhandlungen der Schlesischen Gesellschaft für vaterländ. Cultur a. d. J. 1864 — 74 11 Hefte, Jan Praet Speghel der Wijsheit, Acta Universitatis Lundensis 1869 — 72 Schuchardt Ritornell und Terzine 1. Thl. — 5. Von Herrn O. Plathner Die Familie Plathner. 1. Nachtrag. — 6. Von den photograph. Landkartenverlagshandlung zu Weimar: Lüdde Die Sonne im Dienste der Kartographie. Neue Aufl. von Matthes. — 7. Vom Lesezirkel der Gymnasiallehrer: Zarncke Liter. Centralblatt, Kuhn Zeitschr. f. vergl. Sprachforschung, Petermann Geogr. Mittheilungen für 1874.

Für diese Geschenke spricht der Unterzeichnete im Namen der Anstalt den ehrerbietigsten und wärmsten Dank aus.

II. Aus den Mitteln der Anstalt, zu welchen die von Sr. Excellenz dem Herrn Minister huldvoll bewilligten außerordentlichen Zuschüsse traten (s. oben B.), sind angeschafft: Kiepert Wandkarte von Alt-Italien, Wandkarte des römischen Reichs, Physikalische Wandkarte von Asien, Afrika, Nord-Amerika und Süd-Amerika, Berghaus Physikal. Wandkarte der Erde in Mercators Projection, Brecher Historische Wandkarte von Preußen, v. d. Launitz Wandtafeln Taf. I. II. V. XVII., Corpus Inscriptionum Atticarum vol. I ed. A. Kirchhoff, Cobet Variae Lectiones ed. II, Schwegler Römische Geschichte 3 Bde, Westphal Die römische Kampagne, v. Ranke Die römischen Päpste 3 Bde, v. Sybel Geschichte der Revolutionszeit 5. Bd. 1. Abth., v. Giesebrecht Geschichte der deutschen Kaiserzeit 1. Bd. 1. und 2. Abth., von Herren, Ukert u. v. Giesebrecht Geschichte der europ. Staaten Geschichte von Schweden von Carlson 5. Bd. und Geschichte Polens von Caro 4. Bd., Mommsen Römisches Staatsrecht 2. Bd. 1. Abth., Ersch und Gruber Encyklopädie Sect. I. Bd. 93, Wiese Das höhere Schulwesen in Preußen III. 1869 — 73, Förstemann Geschichte des deutschen Sprachstammes 1. Bd., Gelzer Die neuere deutsche National-Litteratur 1. Bd., Registerband zu den 15 Jahrgängen 1859 — 73 des Centralblattes für die Unterrichts-Verwaltung in Preußen, Denkmäler der Baukunst 1. Lief., die Fortsetzungen des Rheinischen Museums von Ritschl und Klette, des Philologischen Anzeigers von E. v. Leutsch, des Centralblattes für die Unterrichts-Verwaltung, der Germania von Bartsch, der Berliner Zeitschrift für Gymnasialwesen, der Jahrbücher von Fleckeisen und Masius, der Gesetz-Sammlung, des Reichs-Gesetzblattes, des Amtsblattes, von Mushackes Schulkalender, alle für 1874, v. Spruner — Menke Handatlas für die Gesch. des Mittelalters und der neueren Zeit 11. und 12. Lief. J. und W. Grimm Deutsches Wörterbuch fortges. von Heyne, Hildebrand und Weigand IV, 2, 8. Hoffmann Zeitschrift für mathem. und naturwissensch. Unterricht 1874, Mendelssohn Musik zu Sophokles Antigone Partitur und Stimmen.

III. Die Schüler-Lesebibliothek ist vermehrt durch folgende Werke: Heyne Heliand, Petermann Geographische Mittheilungen Jahrg. 1868 — 72 5 Bde., Hampe Flora Hercynica, Lenau Savonarola und Die Albigenser, Freytag Die Brüder vom deutschen Hause, Gr. v. Stillfried König Friedr. Wilh. III., Anleitung zum Betrieb der Gymnastik und der Fechtkunst in der Armee, Martin Luther als deutscher Classiker 2 Bde., Deutsche Monatshefte Bd. 1. 3. 4, von Helmuth

Sedan, Maurer Island, Fontane Wanderungen durch die Mark Brandenburg 3 Bde., v. Ranke Wallenstein, Deff. Die römischen Päpste 3 Bde., v. Beitzke Die deutschen Freiheitskriege 3 Bde., Lenz Die Schwämme, v. Hehn Kulturpflanzen und Hausthiere, Fritz Reuter Läuschen un Rimels nebst neuer Folge, Hanne Nüte, Klein Hüsung, Dörchleuchting, De Reis' nah Konstantinopel, Scheffel Der Trompeter von Säckingen, Adami Louise, Königin von Preußen, Hertzberg Griechenland unter der Herrschaft der Römer 1. 2. Bd., Wilibald Alexis vaterländische Romane 8 Bde. (Dorothe, Der falsche Waldemar, Ruhe ist die erste Bürgerpflicht, Die Hosen des Herrn von Bredow, Cabanis, Isegrimm, Der Wärwolf), ferner die Fortsetzungen von Brehm Gefangene Vögel, v. Giesebrecht Geschichte der deutschen Kaiserzeit, Der deutsch-französische Krieg von 1870 — 71 vom Großen Generalstabe. — An Geschenken erhielt sie: Ein Jugendalbum, Paulig Geschichte des siebenjährigen Krieges, Schönhuth Das Nibelungenlied, Busch Chronik der Grafschaft Mansfeld, Hoyer Geschichte Siciliens.

IV. Für den physikalischen Apparat ist angeschafft eine Berzeliussche Lampe und ein Fallapparat und ein Apparat für den Quecksilberregen (letzteres beides für die Luftpumpe.)

V. Von Musikalien ist angeschafft außer der Partitur und den Orchesterstimmen zur Antigone von Mendelssohn (s. ob. I) die Partitur einer alten Passionsmusik und von Seiferfeld Schwäbisch-fränk. Archiv 15 Hefte.

Die aus den Zinsen nicht verliehener Jacobischer Stipendien bisher angeschafften Werke, welche die sogen. Jacobische Bibliothek bilden, sind bis jetzt folgende 27: J. v. Liebig Agricultur-Chemie, v. Hertzberg Rationeller Ackerbau, Gehler Physikalisches Wörterbuch, Poggendorf Annalen (einige Jahrgänge), Schacht Der Baum, Goldfuß Atlas der Naturgeschichte des Thierreichs 6. Heft, Deff. Atlas der Naturgeschichte des Pflanzenreichs 5 Hefte, Meitzen Der Boden des Preuß. Staates nach 1866, J. v. Liebig Chemische Briefe, Ch. Darwin Ueber die Entstehung der Arten durch natürliche Zuchtwahl, Ch. Darwin Das Variiren der Thiere und Pflanzen, Vogel Das Mikroskop, Hoffmann's Jahresbericht über die Fortschritte der Agriculturchemie 1858 — 69, Knop Der Kreislauf des Stoffs, Schumacher Die Physik des Bodens, Schumacher Die Physik der Pflanze, Taschenberg Naturgeschichte der wirbellosen Thiere, Neue landwirthschaftliche Zeitung 1852 — 72, v. Kirchbach Handbuch für angehende Landwirthe, Kühn Die Krankheiten der Kulturgewächse, Fallou Pedologie oder Bodenkunde, Jübling Der praktische Rübenbauer I, Eisbein Die Drillcultur, v. Gohren Die Naturgesetze der Fütterung der landwirthschaftlichen Nutzthiere, Perels Handbuch zur Anlage und Konstruction landwirthschaftlicher Geräte, Helmholtz Die Lehre von den Tonempfindungen, Helmholtz Populäre wissenschaftliche Vorträge.

Zur Unterstützung ärmerer Schüler hat der Berichterstatter auch an dem hiesigen Gymnasium eine Pauper-Bibliothek begründet, aus welcher Schulbücher an die Schüler während ihres Aufenthaltes auf der Anstalt zur Benutzung gegeben werden; doch haben die Schüler dieselben bei der Versetzung in eine höhere Klasse resp. bei dem Abgange von der Schule zurückzugeben. Die Bibliothek hat auf die Bitte des Unterzeichneten an die betr. Verlagshandlungen schon jetzt zum Theil sehr ansehnliche Geschenke erhalten, namentlich von den Buchhandlungen von Teubner in Leipzig (60 Bde.), Theissing in Münster (21 Bde.), Weidmann in Berlin (18 Bde.), Herbig in Berlin (13 Bde.), Grote in Berlin (9 Bde.), Kunze in Mainz (10 Bde.): außerdem von Mittler, K. W. Krüger, Wiegandt und Grieben in Berlin, von der Waisenhausbuchhandlung in Halle u. a. Den Verlegern, wie der hiesigen Buchhandlung von H. C. Huch, welche die Güte gehabt hat die Sendungen zu vermitteln, spricht der Unterzeichnete seinen aufrichtigsten Dank aus. Andere Geschenke erhielt die Bibliothek von den Herrn Prof. Goßrau, Prof. Dittenberger, Cand. Henkel, Dr. Seelmann, Oekonom Rabe und von einigen Primanern, Unter-Secundanern, Tertianern und Quartanern. Auch ihnen sei für die Förderung des Unternehmens aufrichtigst Dank gesagt. Die Schüler aller Klassen haben unter sich Sammlungen veranstaltet und die Summe von 52 Thlr. 15 Sgr. 3 Pf. für diese Bibliothek gespendet, die vorläufig in der Sparkasse belegt ist und aus welcher neue Anschaffungen und besonders die Einbände bestritten werden können. Geschenke von gut erhaltenen Schulbüchern in neuesten Auflagen sind auch ferner sehr willkommen und werden mit Dank entgegengenommen.

F. Oeffentliche Prüfung.

Freitag den 19. März Vormittags 9 — 12 und Nachmittags 2 — 4 Uhr.

9 — 10 Quarta combin. Religion. Cand. Dr. Stephan.
10 — 11 Unter-Tertia. Lateinisch (Caes.). OGL. Dr. Kohl.
11 — 12 Ober-Tertia. Geschichte. OGL. Looff.
2 — 2½ Quinta. Französisch. Cand. Kälberlah.
2½ — 3¼ „ Lateinisch. OGL. Dr. Düning.
3¼ — 4 Sexta. Lateinisch. Hilfsl. Henkel.

Dazwischen Declamation.

G. Feier des Geburtstags Sr. Maj. des Kaisers und Königs.

Montag den 22. März, Vormittags 11 Uhr.

Gesang.

Festrede des ordentlichen Gymnasiallehrers Looff über den großen Kurfürsten und seine Stellung zu Kaiser und Reich.

Entlassung der Abiturienten durch den Director.

Gesang.

Am 24. März wird die Versetzung bekannt gemacht, die Bücherspende vertheilt und mit der Austheilung der Censuren das Schuljahr geschlossen.

Das neue Schuljahr beginnt Donnerstag den 8. April früh 9 Uhr mit der Prüfung der neu aufzunehmenden Schüler. Diese haben dazu ihre Schulzeugnisse, diejenigen, welche das 12. Jahr überschritten haben, nach neuer höherer Verordnung auch ihre Revaccinations-Scheine mitzubringen. Die Schüler haben vor der Wahl ihrer Wohnung so wie vor dem Wechsel derselben die Genehmigung des Directors einzuholen. Pensionen nachzuweisen ist derselbe gern bereit.

Für den Eintritt in die Sexta, mit welcher Klasse der Unterricht im Lateinischen beginnt, ist Kenntniß des Lateinischen nicht erforderlich, für die Aufnahme in die Quinta dagegen wird sichere Kenntniß der lateinischen Formenlehre bis zu den defectiven Verba verlangt. Schüler, welche dieser Forderung hinsichtlich des Umfanges oder der Sicherheit nicht genügen, müssen daher der Sexta überwiesen werden. Für die Aufnahme in letztere Klasse ist es dagegen von größter Wichtigkeit, daß die nöthige Sicherheit und Festigkeit im Lesen, in der Rechtschreibung und im Rechnen mit benannten Zahlen erworben ist: wer mit solcher Vorbildung in die Klasse eintritt, wird das Pensum derselben leicht bewältigen. Eltern, welche die Absicht haben ihre Kinder unsrer Anstalt anzuvertrauen, erlaube ich mir deshalb dringend zu bitten auf die feste Aneignung dieser Vorkenntnisse für Sexta sorgfältig Bedacht zu nehmen: Mängel in diesen können nicht etwa durch einige, noch dazu meist sehr unsichere Kenntnisse im Lateinischen ausgeglichen werden.

Quedlinburg am 12. März 1875.

Dr. August Dihle, Director.